La Vertu d'Alfred

Edmond Mandey

Édition : BoD · Books on Demand, 31 avenue Saint-Rémy, 57600 Forbach, bod@bod.fr
Impression : Libri Plureos GmbH, Friedensallee 273, 22763 Hamburg (Allemagne)
ISBN : 978-2-3225-7124-6
Dépôt légal : Avril 2025

La Vertu d'Alfréa

Collection Gauloise

67, rue Servan, 67
PARIS (XIᵉ)

LA VERTU D'ALFRED

I

LA LETTRE DÉCHIRÉE

Adrienne Rouchaud venait de s'éveiller.

Assise dans son lit, elle regardait complaisamment son visage que lui renvoyait la glace de l'armoire placée dans l'angle de la pièce et qu'elle pouvait facilement voir de sa couche.

Elle se détaillait elle-même, admirant la fraîcheur de son teint, la fermeté de ses seins découverts par la chemise chiffonnée pendant le sommeil. Elle souriait à l'image que reflétait le miroir, découvrant des dents blanches que ne déparait encore aucune aurification. Elle secouait la tête, étalant sur ses épaules ses beaux cheveux bruns dans lesquels elle n'avait remarqué encore aucun fil d'argent. Étirant ses bras dont elle considérait avec plaisir la rondeur, elle se murmurait à elle-même :

— Je suis toujours aussi belle.

Avoir trente ans, être veuve et riche, c'est-à-dire posséder ces deux biens si précieux entre tous : la liberté et la fortune, n'était-ce pas tout ce que pouvait désirer une jolie femme comme elle, pouvant plier la vie à tous ses caprices ?

Cependant, un pli barrait son front.

Elle poussa un long soupir :

— Oui fit-elle, se parlant toujours à elle-même, je suis belle et pourtant je suis trompée !

Éternel mystère de l'amour. Cette femme qui semblait être la plus désirable des maîtresses, avait une rivale.

La veille, elle avait découvert chez son amant une lettre de femme.

Quel instinct l'avait poussée à ramasser dans une corbeille ces lambeaux de papier déchirés ? Elle n'aurait su le dire.

Toujours est-il que la vue de ces débris l'avait fascinée ? Sans doute le papier parfumé avait-il décelé à son esprit féminin une correspondance amoureuse.

Elle s'était emparé des morceaux de la lettre qu'elle avait enfouis précipitamment dans son sac. Et le soir, rentrée chez elle, seule, dans sa chambre, elle les avait patiemment recollés sur une feuille de papier.

Ce jeu de puzzle délicat et difficile lui avait demandé trois longues heures.

Pendant ce temps, ses nerfs avaient été à une rude épreuve.

Pourtant elle y était parvenue, et, une fois les morceaux froissés dépliés, rapprochés les uns des autres après une minutieuse attention, elle avait enfin pu lire et se convaincre de son infortune. Alors, les mots et les lettres, tracés cependant d'une écriture très fine, lui étaient apparus gigantesques et l'avaient frappée comme autant de coups de stylet.

Voici, en effet, ce qu'elle avait lu sur la missive reconstituée :

« Mon grand chéri,

« Je serai chez toi demain matin à onze heures comme convenu, puisque tu seras seul.

« Je me fais une fête de déjeuner en tête à tête avec toi, comme l'autre jour, et de passer ensuite ensemble une bonne après midi pendant laquelle nous serons complètement l'un à l'autre et pourrons nous aimer tant que nous voudrons.

« Que la journée va être longue, mon Paul, en attendant demain matin. Jamais cela n'arrivera.

« Ta Jeanne impatiente de t'appartenir et de se pâmer sous tes baisers. »

Cette Jeanne, c'était naturellement la meilleure amie d'Adrienne.

Mais qu'avait-elle donc pour que Paul la lui préférât ? Elle n'était certainement pas plus jolie. Et c'est à quoi Adrienne songeait encore en se regardant dans son miroir.

Ni plus jolie, ni certainement plus caressante.

Car cet amant qui la trompait ainsi outrageusement, il n'avait rien à lui reprocher sous aucun rapport. Elle était bien sûre qu'il ne pouvait rencontrer de maîtresse plus passionnée, plus vibrante sous l'étreinte, plus chatte qu'elle l'était pour lui.

Ces hommes, tous les mêmes, des monstres dont le meilleur ne valait pas autant dans tout son corps qu'une femme dans son orteil.

Et Dieu sait si elle l'avait aimé, ce Paul, si elle l'aimait encore ! N'avait-elle pas trompé pour lui M. Rouchaud qui était le plus parfait des maris ? Il est vrai qu'elle avait des excuses, M. Rouchaud étant beaucoup plus âgé qu'elle.

Adrienne avait fait un mariage de raison, en ce sens qu'elle ne possédait rien, alors que M. Rouchaud était à la tête d'une fortune assez rondelette, gagnée d'ailleurs fort honorablement dans le commerce des bois de charpente.

Mais, de son vivant, feu Ambroise Rouchaud s'était très bien conduit à l'égard de sa femme, lui accordant tout ce qu'elle désirait, la dorlotant de son mieux, lui procurant tout le luxe que ses moyens lui permettaient.

Enfin, il avait été le modèle des époux jusqu'à fin puisqu'il avait laissé à sa veuve toute sa fortune, l'instituant par un testament en bonne et due forme, sa légataire universelle au détriment de sa famille, laquelle était représentée par une sœur mariée en province avec un modeste fonctionnaire. Cette sœur de feu Rouchaud était mère de deux enfants qui avaient été élevés dans l'espoir d'être un jour riches, grâce à l'héritage de l'oncle Ambroise.

La déconvenue avait, on le conçoit, été très grande et Mme Valentin née Rouchaud, avait d'abord vitupéré contre « l'intrigante », mais Adrienne avait su habilement calmer la colère de sa belle-sœur, en assurant qu'elle s'intéresserait plus tard au neveu et à la nièce de son mari. C'était le moins qu'elle pouvait faire pour témoigner sa reconnaissance envers un homme qui avait eu à son égard toutes les délicatesses, y compris celle de se retirer discrètement de la vie, assez tôt pour qu'Adrienne pût encore jouir de l'existence.

La famille Valentin-Rouchaud, faisant contre mauvaise fortune bon cœur, entretenait des relations en apparence très cordiales avec la veuve de l'oncle Ambroise.

Adrienne, après avoir rendu pieusement les derniers devoirs à son mari, était retournée à ses amours personnifées par M. Paul Duclaux, qui avait naturellement été l'ami du défunt et dans les bras duquel la belle Adrienne prenait la part d'affection que son époux était incapable de lui donner malgré toute sa bonne volonté.

Jusqu'à ce jour, Paul s'était montré passionnément épris de sa maîtresse qui était heureuse d'une telle constance. Et voilà que soudain une lettre déchirée ramassée par hasard, lui révélait que son amant la trompait avec sa meilleure amie, Jeanne Beauger, une artiste qu'il avait rencontrée chez une amie d'Adrienne et que celle-ci elle-même lui avait présentée.

— Ce sont deux misérables, disait-elle rageusement, deux misérables !… Et je me vengerai !

« D'abord, ma petite Jeanne, tu Vas voir si je vais t'en donner, moi, « une bonne après-midi » avec ton Paul… « Son Paul ! Voyez-vous cela ! Alors, moi, on me plaque et on doit se ficher de moi dans les grands prix… Attendez, mes petits agneaux, Attendez !… Vous allez voir de quel bois je me chauffe !…

À ce moment la servante frappa à la porte de la chambre.

— Entrez, Julie ! répondit Adrienne.

Julie était une jolie fille de vingt ans, aux yeux pétillants, à la poitrine bien formée, brune appétissante qui riait toujours.

Elle entra, et remettant un pli à sa maîtresse :

— Voici, dit-elle, une lettre pour madame.

— Une lettre ? fit Adrienne avec surprise. De qui donc ?

Elle décacheta l'enveloppe et commença la lecture de la missive.

Au fur et à mesure qu'elle lisait, un ennui se montrait sur son visage.

Et il y avait de quoi.

La lettre, en effet, était de sa belle-sœur, cette Mme Valentin habitant le fond de la province, qui lui écrivait :

« Ma chère Adrienne,

« Cette lettre ne précédera que de quelques heures l'arrivée chez vous de notre fils Alfred.

« Nous l'envoyons à Paris pour chercher une situation, C'est maintenant un grand jeune homme de vingt ans bientôt. Il ne sait encore dans quelle voie se diriger, mais vous pourrez peut-être lui trouver quelque chose dans vos relations.

« Comme vous avez toujours dit que vous vous intéresseriez aux neveux de votre mari, nous n'avons pas hésité un seul instant à nous adresser à vous.

« D'autre part, comme Alfred ne connaît personne à Paris, nous avons pensé que vous pourriez le loger chez vous et veiller sur lui afin de lui éviter les mauvaises fréquentations qui guettent toujours dans la capitale un jeune homme seul.

« Nous vous remercions d'avance de tout ce que vous ferez pour Alfred et nous excusons d'avoir ainsi disposé de vous.

« Croyez à nos sentiments bien affectueux.

LUCIENNE VALENTIN.

Lorsqu'elle eut achevé la lecture de cette lettre, Adrienne qui n'était pas déjà très bien disposée, s'écria :

— Eh bien ! Elle ne se gêne pas, Lucienne Valentin, née Rouchaud :

« Nous nous excusons d'avoir disposé de vous ». Tu parles qu'ils disposent de moi ? Non, mais, quel toupet ! En voilà une idée de vouloir me faire servir de chaperon à un gamin de vingt ans qui va m'appeler « ma tante ! » long comme le bras… Comme c'est amusant !

« Enfin, je m'occuperai de cette histoire là ce soir… Ce matin j'ai mieux à faire.

Elle sonna de nouveau sa camériste et lui dit :

— Julie, lisez cette lettre. Vous verrez si ma belle-sœur exagère.

« Si je vous la fais lire, c'est pour éviter de vous donner des explications au sujet de ce jeune homme qui va arriver d'un moment à l'autre.

« S'il vient en mon absence, vous le recevrez poliment, mais sans plus. Vous lui dresserez provisoirement un lit sur le divan dans le petit salon. On verra après ce qu'on en fera. D'ailleurs, j'espère le réexpédier le plus vite possible à sa famille qu'il a eu bien tort de quitter.

« Qu'est-ce qu'il vient fiche ici ? Je me le demande.

— Moi aussi, madame.

— Vous aussi, naturellement. Il faut être du fond de sa province pour arriver ainsi à l'improviste chez les gens qui ne vous attendent pas.

« Pour le moment, Julie, je vais m'habiller, car je dois sortir de bonne heure…

— Madame déjeunera à quelle heure ?

— Je ne déjeunerai pas. Je suis invitée par mon amie Jeanne.

Et en disant cela, Adrienne eut un petit rire nerveux qui voulait dire :

— Comme je vais troubler leur tête-à-tête à ces deux-là !

Elle rejeta draps et couvertures et sauta vivement en bas de son lit. Une fois encore elle se regarda dans la glace et poussa un long soupir.

— Madame est très bien, déclara la servante.

— Vous trouvez, Julie ! Cependant, il paraît qu'il y a mieux puisqu'on me trompe.

— Ce n'est pas possible.

— C'est tellement possible que cela est vrai. Mais je vais me venger.

— Oh ! Madame fera rudement bien. Les hommes, c'est tous des propres à rien.

— Qu'est-ce que vous en savez ?…

— J'en sais ce que j'en sais…

Et à son tour Julie poussa un long soupir tout en aidant sa maîtresse à passer un peignoir avant de pénétrer dans son cabinet de toilette.

Deux heures après, Mme veuve Adrienne Rouchaud, très élégante, sortait de chez elle et, appelant un taxi, se faisait conduire chez M. Paul Declaux, qui ne l'attendait certainement pas, la croyant en voyage chez une parente malade… ce pourquoi il avait donné en toute tranquillité, rendez-vous chez lui à la blonde et séduisante Jeanne Beauger.

II

La Convive inattendue.

— Je t'aime !

— Encore un bécot !

— Donne tes lèvres !

— Oh ! Tu m'énerves !

— Ah ! Ah !

— Oh ! Oh !…

Paul et Jeanne prenaient l'apéritif.

Du moins les verres vides sur le guéridon témoignaient que l'apéritif avait été pris.

Les deux amants, qui s'étaient assis sur le canapé-divan-lit de la pièce tout d'abord bien sagement l'un à côté de l'autre, en étaient maintenant à des caresses plus réelles.

La gamme des baisers ayant été épuisée puis celle des enlacements, ma foi ils en étaient arrivés au moment où, les sens étant les plus forts, il n'y a plus qu'à leur obéir.

Ils obéissaient d'ailleurs de bon cœur et sans restrictions, puisqu'ils ne s'étaient donné rendez-vous que pour cela.

C'est à l'instant précis où Jeanne succombait sous l'étreinte de Paul que tout à coup la porte s'ouvrit et Adrienne apparut…

Le spectacle qui s'offrait à ses yeux n'était pas fait pour calmer sa colère… Elle ne put que pousser une exclamation :

— Cochons ! s'écria-t-elle…

Car c'est le propre de chacun de trouver dégoûtant chez les autres ce à quoi l'on goûte soi-même grand plaisir…

Il était impossible aux deux amants de nier… et d'affirmer qu'ils prenaient tranquillement l'apéritif…

Adrienne profita de leur embarras :

— Ah ! oui, dit-elle… Vous ne m'attendiez pas. Évidemment, il n'y avait pas de place pour moi dans cette bonne après-midi qu'on devait passer en tête-à-tête…

Paul essaya timidement de placer un mot :

— Écoute, Adrienne, je vais te dire…

— Tais-toi… Tu n'as rien à dire… Cette femme, qui se prétendait mon amie, va se retirer immédiatement… et nous allons régler nos comptes tous les deux…

— Cette femme !… Vous pourriez parler autrement, tout de même…

— Vous aussi, vous osez parler…

Et Adrienne s'avançait, menaçante, vers Jeanne…

Paul s'interposa :

— Voyons, dit-il, un peu de calme. Je reconnais qu'Adrienne a le droit de se fâcher…

— Je le pense…

Mais Jeanne, s'adressant à son amant, lui dit :

— J'espère bien que tu ne vas pas lui obéir, et me chasser de chez toi…

— Je ne chasse personne…

— Non, dit Adrienne, mais cela veut dire : Adrienne, va-t'en…

« Eh bien ! non, mon petit, je ne m'en irai pas. Si Madame, reste, nous aurons une explication à trois, voilà tout.

Et, ce disant, Adrienne s'assit,

Après quoi, retirant un papier de son sac, elle dit, s'adressant à Jeanne :

— Voici une lettre qui serait certainement intéressante pour un monsieur que je connais bien et qui est assez naïf pour subvenir à votre entretien… Cela lui fera sûrement grand plaisir d'apprendre que vous êtes impatiente d'appartenir à votre Paul…

Paul se précipita :

— Rends-moi cela, dit-il.

Et il voulut arracher la lettre des mains d'Adrienne.

Assise dans son lit (page 1).

Mais celle-ci lui échappa et rangea le précieux document dans son corsage.

— Cela vous prouve, chère amie ajouta encore Mme Rouchaud, que tandis que vous attendiez « impatiemment » l'heure d'appartenir à votre Paul, celui-ci jouait avec moi, ici même, la comédie de l'amour…

— Finissez-en. Dites-nous ce que vous voulez…

— Ce que je veux, chère amie… Je veux que vous laissiez mon amant tranquille… Je n'entends pas du tout vous céder la place ici…

« Et puisqu'il y a un si bon déjeuner préparé en tête à tête, c'est moi qui le prendrai avec « mon » Paul…

Paul, entre ces deux femmes qui se disputaient sa personne, commençait à se trouver mal à l'aise, d'autant plus qu'il n'entendait renoncer ni à l'une ni à l'autre… Et le traître se demandait comment il allait pouvoir en sortir, sans perdre ni Jeanne ni Adrienne, lorsqu'un incident nouveau se produisit.

Jeanne avait vivement sauté sur Adrienne, et, fouillant d'une main agile dans le corsage de sa rivale, elle avait repris la lettre compromettante qu'Adrienne avait eu tant de mal à reconstituer.

Adrienne n'était pas encore revenue de sa surprise que sa rivale lui disait ;

— Ah ! Tu veux me faire chanter avec ta lettre !… Eh bien ! Voila… tiens, cette fois tu ne me la reprendras pas.

Et du document précieux elle fit une boulette de papier qu'elle avala d'un seul trait…

Pour le coup la rage d'Adrienne ne connaissait plus de bornes…

Elle se jeta sur Jeanne qui fit un bond en arrière en criant :

— Paul ! Tu ne vas pas me laisser assassiner par cette furie !…

De toute nécessité, Paul était obligé d'intervenir pour séparer les deux femmes…

Adrienne, alors tourna sa fureur contre lui :

Comme il lui touchait le bras, elle s'écria :

— Oh ! Le misérable !… Il me bat maintenant pour cette traînée !… Tu es donc devenu une brute depuis que tu la fréquentes !…

Puis elle ajouta :

— C'est bien ! Puisqu'il le faut, je cède la place, je vous le laisse « votre Paul ». Tâchez de le mieux garder que moi…

« Mais ne croyez pas tous les deux que je vous laisserai tranquille… Ah non ! par exemple… Je me vengerai…

Et sur ces mots menaçants, Adrienne sortit…

Paul et Jeanne, lorsque la porte se fût refermée sur elle, se regardèrent… Jeanne sanglotait, affalée sur le divan…

— Mon Dieu ! Mon Dieu !… gémissait-elle… Penser que tu avais déchiré ma lettre ainsi et qu'elle l'avait retrouvée…

— Ma petite Jeanne, voyons, lui disait Paul, ne pleure pas… puisqu'elle est partie…

— Oui, mais elle a dit qu'elle se vengerait…

— Tu es bête !… On dit toujours ça, mais on ne le fait pas… Et puis, qu'est-ce que tu veux qu'elle fasse !

— Je ne sais pas, moi… Elle ira raconter des histoires…

— Eh bien ! Tant pis, après tout. S'il le faut, moi, j'assurerai ta vie !… Ce sera bien mieux, nous serons à nous deux, sans nous cacher…

— Oh ! oui, ce sera en gentil, mon Paul !…

À cette pensée Jeanne se consola. Elle ne redoutait plus, la vengeance d'Adrienne.

Et Paul essuya avec des baisers les larmes de sa jeune amie. Puis, ma foi, ils reprirent sur le canapé-divan-lit la conversation interrompue par l'arrivée inattendue d'Adrienne.

Ils avaient tort cependant de dédaigner les menaces de celle-ci, car elle était sortie de chez son amant, bien disposée à les mettre à exécution. La seule chose qui n'était pas fixée dans son esprit, c'était le moyen qu'elle emploierait. Il était absolument nécessaire qu'elle se vengeât de l'un et de l'autre cruellement.

Pour Jeanne c'était facile, il n'y avait qu'à lui trouver une rivale qui lui enlèverait Paul, comme elle le lui avait enlevé à elle-même. Mais cela ne punirait pas Paul qui était le principal coupable…

Adrienne réfléchissait à tout cela en marchant dans la rue.

Au fur et à mesure qu'elle approchait de son logis, ses idées suivaient leur cours : elle échafaudait mille combinaisons sans en trouver une qui lui donnât satisfaction. Cependant, elle ne pouvait pas laisser les choses comme ça ; il lui fallait une vengeance…

Elle arrivait chez elle. Sur le seuil, elle se souvint de la lettre de sa belle-sœur et de l'arrivée prochaine de son neveu… Encore une contrariété… Ce jeune Alfred venait à une bien mauvaise heure…

Adrienne se souvenait de sa conversation du matin avec Julie et des instructions qu'elle avait données à celle-ci pour préparer le lit d'Alfred dans le petit salon…

Décidément, cet intrus était bien importun.

Julie vint lui ouvrir.

— Tiens, madame, dit-elle.

— Cela vous étonne.

— Oui, Madame avait dit qu'elle ne rentrerait pas déjeuner.

— C'est vrai… Je n'y avais plus pensé…

— Madame a l'air tout chaviré…

Adrienne regardait sa servante…

Ce n'est rien… dit-elle… un malaise…

— Ta, ta, ta… Madame m'a dit ce matin qu'elle était trompée… Madame vient de faire une scène à son ami… certainement… et c'est ce qui l'a toute bouleversée ainsi.

— De quoi vous mêlez-vous ?…

— Oh ! De rien… Madame m'excusera…

Adrienne contemplait encore une fois longuement la femme de chambre.

— Est-ce que j'ai quelque chose qui déplaît à Madame ? fit celle-ci étonnée de cette inspection prolongée…

— Non, pas du tout… Dites-moi, depuis que vous êtes ici… cela fait un mois environ, M. Paul Declaux n'est pas venu souvent…

— Je ne me rappelle pas ce Monsieur…

— Oh !… Il ne vient que très rarement.

C'était en effet, une habitude prise depuis son veuvage par Adrienne de ne recevoir presque jamais son amant chez elle…

C'est pourquoi il était inconnu de la camériste…

— Ce qui est regrettable, ajouta Adrienne comme se parlant à elle-même, c'est que mon neveu ne soit pas une nièce…

— Je ne comprends pas bien ce que Madame veut dire.

— Ça ne fait rien ! Ce n'est pas absolument nécessaire… Cette idée-là mürira…

Et Adrienne se retira dans sa chambre…

Quelle idée avait-elle eu ? Et pourquoi pensait-elle qu'il était dommage que son neveu ne fût pas une nièce ?…

III

ALFRED ARRIVE.

La pauvre Adrienne était loin de se douter qu'en envoyant à Paris chez elle, leur fils Alfred, les époux Valentin visaient un tout autre but que d'assurer une situation à leur rejeton.

C'était tout un complot ourdi par les parents de province contre la veuve de leur frère et beau-frère, un complot qui ne tendait à rien moins qu'à arracher à la veuve du parent riche un peu de cette fortune dont M. et Mme Valentin estimaient toujours avoir été spoliés.

Alfred était un jeune homme sage, élevé dans de sévères principes et qui avait toujours vécu jusque là sous l'œil paternel et maternel. Pas plus l'un que l'autre ne lui avaient toléré le moindre écart.

Or, il avait été convenu de tout temps qu'Alfred épouserait un jour Mlle Aglaë Durand, fille du notaire de sa ville natale. C'était un des meilleurs partis de la localité.

Les Durand et les Valentin étaient de vieux amis et l'union des jeunes gens souriait également aux deux familles. Mais il y avait un obstacle : le notaire était riche et sa fille recevrait en se mariant une dot appréciable, tandis qu'Alfred ne pourrait guère apporter à sa future épouse que l'espérance d'une situation modeste, que son père lui procurerait dans l'administration dont lui-même faisait partie.

Il fallait donc que le mari d'Aglaé apportât en mariage mieux que ce qu'il avait. Le notaire avait d'ailleurs déclaré que les enfants étaient assez Jeunes pour attendre que le fiancé de sa fille se fût créé une position plus en rapports avec la situation de celle qu'il voulait épouser.

Pour cela, il n'y avait qu'un moyen ; conquérir les bonnes grâces de la tante de Paris pour qu'elle voulut bien consentir à distraire une parcelle de la fortune de feu Ambroise Rouchaud et à la laisser tomber dans la corbeille de mariage.

M. Valentin et sa femme avaient d'abord pensé à faire appel tout simplement à Adrienne, Mais, après avoir mûrement réfléchi, ils s'étaient dit qu'il valait mieux qu'Alfred fit plus ample connaissance avec sa parente, et c'est ainsi qu'avait été décidé le voyage à Paris.

Le jeune Valentin avait pour mission de se faire bien venir, de capter la sympathie de la veuve de son oncle. On lui fit de multiples recommandations avant son départ, afin qu'il se montrât sous un jour favorable. Le rêve serait que la tante proposât elle-même de doter son neveu…

Seul dans le compartiment du train qui l'emportait vers la capitale, Alfred se remémorait les instructions paternelles et maternelles : se montrer plein d'égards, flatter les manies de sa tante, bien écouter ses conseils, montrer un grand désir de travail, et surtout être très sérieux…

Sur ce dernier point, le jeune homme faisait mentalement quelques réserves. Certes, il avait promis de rester fidèle à sa fiancée, et celle-ci lui avait fait jurer de ne pas regarder les Parisiennes, « qui étaient toutes des enjoleuses et des pas grand'chose ». Mais il se disait que c'était là des serments qu'on fait toujours en pareil cas, sans être absolument forcé de les tenir.

Il avait, au contraire, la ferme intention de mordre au fruit défendu, se disant que ses parents et Aglaé seraient trop loin pour venir le contrôler. La seule chose qui l'inquiétait était de savoir si sa tante lui laisserait une liberté assez grande pour lui permettre d'exécuter ce programme. Mais il pensait bien qu'à Paris on était moins formaliste qu'en province et que sa tante ne serait pas aussi sévère que ses parents dont il était heureux au fond, d'avoir secoué le joug…

Cette tante extraordinaire dont il avait tant entendu parler, comment était-elle ?

Il se posait cette question sans pouvoir y répondre, n'ayant jamais vu celle que sa mère appelait avec mépris « l'intrigante ».

Il essaya de s'en faire un portrait et se la représenta un peu forte, grisonnante, d'allure sérieuse, mais tout de même bon enfant, car il la voulait indulgente à ses plaisirs.

— Voyons, se disait-il. Elle doit ressembler à Mme Duval la femme du percepteur ou peut-être est-elle grande et sèche comme Mme Dupont la femme du capitaine de gendarmerie. Il passait naturellement en revue toutes les dames de sa ville qui étaient reçues dans la maison familiale. : les grandes, les petites, les boulottes, les maigres, les brunes, les blondes… Mais il ne se faisait aucune idée de la véritable personnalité de la tante Adrienne et la voyait de toutes les façons, sauf sous l'aspect d'une jeune femme jolie et élégante…

Lorsque le train s'arrêta en gare, le jeune Provincial fut un peu ahuri par le premier contact avec le brouhaha parisien. Il se laissa guider par l'homme d'équipe qui s'empara de sa malle et le conduisit jusqu'à un taxi, auquel Alfred donna l'adresse de sa tante.

Une demi-heure après, il sonnait à la porte d'Adrienne. Le cœur lui battait fort, tandis qu'il attendait qu'on lui ouvrit.

Ce fut la femme de chambre Julie qui le fit pénétrer dans l'appartement.

Elle l'examina de pied en cap, avec un petit air entendu, et lui dit en riant :

— C'est vous le cousin de Madame ?

— Le cousin ?… non, le neveu !…

— Chez vous, peut-être, mais ici, vous serez son cousin, Madame l'a ordonné ainsi, ajouta la servante en souriant de nouveau.

Puis elle dit :

— Si vous voulez entrer, Monsieur… ?

— Alfred.

— Monsieur Alfred. Je vous demande pardon. Je ne me rappelais plus votre nom. Madame est justement sortie, mais ça ne fait rien, j'ai l'ordre de vous recevoir… Vous attendrez son retour dans le petit salon.

Et Julie conduisit le nouveau venu dans la pièce qui lui était destinée comme chambre à coucher. Elle lui indiqua un cabinet de toilette où il pouvait se défaire de la poussière du train, puis se retira toujours en souriant.

Ce n'était évidemment pas là « l'accueil poli, sans plus » recommandé à Julie le matin même par sa maîtresse. Mais la camériste s'était dit qu'après tout elle ne gagnerait rien à recevoir avec une mine revêche un jeune homme de vingt ans, et que, tout bien réfléchi, il valait mieux commencer par créer un courant de sympathie entre elle et le nouvel arrivant.

Quant à Alfred, il restait surpris. Il ne s'attendait certainement pas à être reçu par une vieille bonne grincheuse telle que l'était Catherine, la servante de ses parents. Cependant il ne comptait pas non plus se trouver, dès son arrivée, en présence du joli minois d'une femme de chambre à l'air effronté, dont il ne savait pas si elle lui souriait amicalement ou si elle se moquait de sa contenance embarrassée.

Comme on prend toujours ses désirs pour la réalité, il se décida en faveur de la première hypothèse et se prit à penser que la présence à côté de lui de cette servante peu farouche n'aurait rien de désagréable, au contraire…

Il fit une longue toilette pour se présenter à sa tante sous l'aspect le plus favorable, et attendit impatiemment le retour de celle-ci.

Adrienne, qui avait à peine déjeuné, encore sous le coup des événements de la matinée, n'avait pu rester chez elle, et elle était sortie, sans but, se rendant dans les magasins où elle avait rudoyé les employés sans rien acheter, puis chez plusieurs amies, où cent fois elle avait ouvert la bouche pour raconter son infortune, puis s'était tue avant que d'en rien dire dans la crainte que les bonnes amies n'en profitassent pour rire à ses dépens.

Elle avait toute la journée ruminé son projet de vengeance, en revenant toujours au même obstacle : Quel dommage que son neveu ne fût pas une nièce ?

Alfred, qui se demandait ce que sa tante pouvait bien penser de lui, était naturellement à cent lieues de supposer que la belle-sœur de sa mère eût préféré qu'il appartint à un

Elle rejeta draps et couvertures (page 6).

autre sexe, Cette idée extraordinaire ne lui serait jamais venue.

Tandis que sa parente se faisait de telles réflexions, lui étudiait la façon dont il se présenterait à elle… Il cherchait des attitudes, se regardant dans une glace, répétant dix fois de façon différente le « bonjour, ma tante » qu'il devait dire. Le malheureux, dans son émotion, avait déjà oublié la recommandation première de Julie l'avertissant qu'il n'était pas un neveu, mais un cousin.

Une grave question se posait pour lui : embrasserait-il, n'embrasserait-il pas ?

Valait-il mieux attendre que la tante lui ouvrit les bras, ou, le premier, s'élancer vers elle pour lui prouver son affection ? Grave problème que l'esprit du jeune homme ne pouvait résoudre.

Et Alfred pensait que la vie était bien compliquée surtout lorsqu'il s'agissait de plaire à une tante riche afin d'obtenir d'elle une dot pour se marier !…

Pour se donner du courage, il pensait à Aglaé qui l'attendait… Mais, par un étrange phénomène, chaque fois qu'il voulait penser à Aglaé, l'image d'une autre personne s'interposait entre lui et sa fiancée, d'une autre personne, laquelle avait l'aspect, les traits et le sourire — surtout le sourire — de la servante qui lui avait ouvert la porte lorsqu'il était arrivé…

Alfred comparait… Et, comme Aglaé était à cent lieues de là, qu'elle était d'ailleurs loin d'avoir le piquant et le charme excitant de Julie… la comparaison n'était pas en sa faveur. Pauvre Aglaé ! Alfred pensait déjà atténuer l'ennui de trop longues fiançailles en se distrayant avec la femme de chambre de sa tante.

Il y pensait précisément lorsque Julie entra et lui dit toujours avec le sourire aux lèvres :

— Madame attend M. Alfred.

M. Alfred sentit ses jambes vaciller sous lui… Il dut rougir ou pâlir, car Julie remarqua son émotion et lui dit :

— Oh ! N'ayez pas peur, allez. Elle ne vous mangera pas…

Le jeune homme eut honte d'avoir montré son trouble. Il se raidit pour répondre :

— Je n'ai pas peur… De quoi donc aurais-je peur ?

— Dame… on ne sait pas… quand on est timide…

Et Julie, en prononçant cette dernière phrase, lança à Alfred un coup d'œil qui le fit rougir de nouveau jusqu'aux oreilles…

Néanmoins, ce fut d'un pas décidé qu'il pénétra dans la salle à manger où deux couverts, le sien et celui de sa parente, étaient disposés sur la table.

Adrienne était debout devant une glace arrangeant ses cheveux, ce qui lui permettait de voir entrer le jeune homme, sans avoir l'air de l'inspecter…

Alfred, en voyant cette jeune femme dont la toilette mettait encore davantage le charme en valeur, resta bouche bée… Ah ! certes, sa tante ne ressemblait ni à la femme du percepteur, ni à celle du capitaine de gendarmerie…

Il n'osait plus ni parler, ni avancer…

Adrienne se retourna et, voyant son embarras, ne put s'empêcher de rire :

— Eh bien ! voyons !… Mon cousin, je vous intimide… ?

— C'est-à-dire que… non… oui… ma tante.

Adrienne fit la moue, et ce fut sur un petit ton sec qu'elle dit :

— Non, mon petit ami. Pendant votre séjour ici, je vous prie de ne pas m'appeler ma tante, mais ma cousine. Ce sera moins ridicule entre un grand jeune homme comme vous et une jeune femme comme moi. D'ailleurs, j'avais prié Julie de vous le dire…

— Julie, c'est la… ?

— Oui, c'est ma femme de chambre.

— Elle me l'a dit, ma tan… ma cousine ?

— Eh bien ! Il faudra vous en souvenir à l'avenir, si vous voulez que nous soyons bons amis…

Puis, sans transition, elle ajouta :

— Et votre sœur ?… Vous auriez dû l'amener avec vous, votre sœur ? J'aurais été charmée aussi de faire la connaissance de cette fillette !

— Oh ! ma sœur est déjà une jeune fille… Elle a dix-huit ans.

— Oui, je dis fillette… c'est une façon de parler…

— Si j'avais pu prévoir, si on avait su, elle serait bien venue. Mais maman aurait eu peur d'abuser… Seulement si ça vous fait plaisir, on peut lui écrire de venir…

— Non, ce n'est pas la peine… Ce sera pour une autre fois… Pour le moment, je me contenterai de vous avoir seul…

Poliment, Adrienne s'inquiéta des parents d'Alfred, et celui-ci crut devoir donner sur leur vis tout un luxe de détails et entrer dans une multitude d'explications que sa tante-cousine écoutait d'une oreille distraite, répondant par oui ou par non. Au fond, elle n'entendait pas ce que le jeune homme disait, et elle poursuivait toujours sa pensée, continuant à ruminer ses plans de vengeance…

Lesdits plans d'ailleurs commençaient à sortir du domaine du rêve, ils s'affirmaient plus précis, et, Adrienne ne se désolait plus à la pensée qu'Alfred était un neveu et non une nièce. Sa première idée avait évolué.

— Au contraire, se disait-elle, il me servira tel qu'il est... Le tout ce sera de le décider... et de l'empêcher de faire des gaffes...

Elle examina Alfred durant tout le repas. Et le jeune homme qui ne fut pas sans remarquer ce manège, se demandait avec inquiétude si cet examen lui était favorable.

Après le dîner, et le café étant pris, Adrienne dit au jeune homme :

— Alfred, vous devez être fatigué par le voyage... Vous savez où est votre chambre !... Vous pouvez la regagner... Demain nous parlerons des choses sérieuses...

— Bonsoir, ma tan... ma cousine... répondit timidement le jeune homme et il s'avança vers Adrienne qui lui tendit la main.

Le jeune homme ne savait s'il devait baiser cette main ou la serrer dans la sienne... Il n'osa pas faire le premier geste et se contenta du second, car sa tante, devenue sa cousine, l'intimidait énormément.

Adrienne était passée dans sa chambre, et, tandis que sa camériste l'aidait à s'habiller pour se rendre au théâtre, elle lui disait :

— Julie, ce petit jeune homme, mon cousin, comment le trouvez-vous ?

— Mon Dieu, Madame, je ne sais pas, moi... Je ne l'ai pas beaucoup regardé...

— Il est bien un peu godiche.

— Pas trop, Madame, moi je le trouve gentil…

Or, Alfred, qui voulait savoir ce qu'on pensait de lui, avait collé son oreille à la serrure de la porte de la chambre…

La dernière réflexion de Julie le transporta d'aise.

— Elle me trouve gentil ? se dit-il.

Et il s'étendit, heureux, sur son divan, sans envoyer même une pensée à la pauvre Aglaé…

IV

L'aimable Camériste

En disant à sa patronne qu'elle trouvait Alfred gentil, Julie, qui — on a pu s'en rendre compte — était plutôt franche, n'avait rien célé de ses sentiments à l'égard du jeune homme.

Tout d'abord, bonne fille, elle s'était dit :

— Voilà un pauvre petit qui arrive de chez lui le bec enfariné et sa tante veut le recevoir comme un chien dans un jeu de quilles. Ça, ça n'est pas bien. Moi je serai gentille avec lui.

Ce bon sentiment dicta d'abord l'attitude de Julie. Et puis, ma foi, quand Alfred fut arrivé et, tandis qu'il attendait sa tante, elle se dit que le jeune Valentin serait peut-être une conquête facile, que venant de sa province et encore inexpérimenté, il se laisserait d'autant mieux prendre que Julie elle-même était jolie et désirable.

Où cela la conduirait-elle, elle n'en savait rien. Mais elle pensait qu'avec » le neveu de Madame », il y aurait peut-être quelque chose à gagner.

Alfred, avons-nous dit, s'était étendu sur son divan. Il ne s'était pas mis pieusement au lit. Couché tout habillé, il réfléchissait et essayait de tirer des conclusions de sa première rencontre avec la tante riche.

Tout de suite il se dit que les recommandations paternelles et maternelles si bien intentionnées qu'elles fussent, ne pouvaient être suivies à la lettre.

La veuve de son oncle, d'abord, était en réalité toute différente de ce qu'il s'était imaginé.

Il était bien décidé à conquérir sa sympathie, à flatter ses manies, mais elle lui paraissait très éloigné de lui et ne le considérait guère que comme un potit jeune homme avec lequel elle était résolue à garder ses distances.

Pour lui, il n'oserait jamais, tant elle l'intimidait, devenir trop familier avec elle. Et elle était trop jeune, trop chic, trop dissemblable des dames respectables qu'il avait jusqu'alors rencontrées dans sa famille ou chez les amis de ses parents.

Heureusement il y avait Julie. Grâce à elle peut-être pourra-t-il connaître le moyen d'atteindre le but pour lequel il était venu à Paris et obtenir le don généreux sans lequel il ne pourrait pas retourner dans sa ville natale et épouser Aglaé…

Tout l'encourageait donc à se rapprocher de la femme de chambre de sa tante, et il trouva cette idée d'autant plus heureuse qu'elle répondait à ses secrets désirs,

Car ses secrets désirs, qu'il ne s'avouait à lui-même qu'en tremblant d'une telle audace, étaient de connaître plus intimement les charmes de la soubrette.

Son cœur battait bien fort, car c'était la première fois qu'il entrevoyait la possibilité de connaître les plaisirs défendus de l'amour. Non pas qu'il eût jamais désiré posséder plusieurs des jolies filles qu'il avait pu entrevoir, car il y en avait blen aussi dans son pays, mais parce que pour la première fois, il se sentait dégagé de la tutelle de ses parents ce qui lui permettait d'aller au delà des simples soupirs dont il avait toujours dû se contenter à l'égard des femmes dont les appas l'avaient tenté…

Par habitude, il pressait contre lui son oreiller, geste par lequel il avait coutume de se procurer l'illusion des enlacements défendus…

Il entendait Julie aller et venir dans la chambre voisine.

Il la savait seule, ayant très bien distingué la voix de sa tante disant à la servante :

— Vous m'attendrez et me préparerez un souper léger pour quand je rentrerai après le spectacle, vers minuit.

Mme Rouchaud était donc sortie, Les autres domestiques étaient couchés, et il n'y avait plus dans l'appartement que lui et *Elle*.

Évidemment Adrienne n'avait pas pensé à cela, Mais Adrienne, nous le savons, avait d'autres préoccupations.

Quant à Julie, elle se faisait à peu près les mêmes réflexions qu'Alfred, se disant qu'ils étaient seuls tous les deux, et que ce pouvait être une bonne occasion de faire connaissance.

De temps en temps, elle venait près de la porte et écoutait. Elle colla même un œil indiseret à la serrures et ne fut pas peu surprise de voir le jeune homme se promener de long en large… Elle le vit même deux ou trois fois s'approcher de la porte et se recula précipitamment, s'attendant à voir Alfred pénétrer dans la pièce…

Mais si Alfred s'était dirigé vers la porte deux ou trois fois il s'était toujours borné à s'arrêter, puis avait reculé.

Il se disait :

— Il n'y a que cette porte à ouvrir.

Mais il ne l'ouvrait pas. Une crainte mystérieuse le clouait sur place,

Son audace alla jusqu'à mettre la main sur le bouton, mais ce fut tout. Au moment de faire le geste décisif, sa timidité triompha et il s'en fut, étouffant le bruit de ses pas comme s'il venait de commettre un crime, puis alla se jeter sur le divan où il reprit sa conversation amoureuse avec l'oreiller…

Julie qui, elle, attendait que la porte s'ouvrit, commençait à s'impatienter.

À la fin elle haussa les épaules et se décida.

Or, quand une femme se décide, elle n'hésite plus.

Julie n'hésita donc pas. Elle frappa, appelant

— Monsieur Alfred ?…

Alfred bondit. Cette fois, il n'y avait pas de raison d'écouter sa timidité.

Et pourtant, ce fut à travers la porte qu'il répondit.

— Qu'y a-t-il, Mademoiselle ?…

Il avait dit « Mademoiselle », ne sachant pas comment interpeller la servante de sa tante.

— Ouvrez-moi, je vous en prie…

Et Alfred ouvrit. Oh ! il n'ouvrit pas tout d'un coup, il était trop ému, sa main tremblait en tournant le bouton de la serrure…

Enfin la porte s'ouvrit.

Et Julie apparut, éclairée par la lumière de l'électricité qui brillait dans la chambre d'Adrienne.

Naturellement ce fut la jeune femme qui tourna le commutateur pour éclairer le salon où se trouvait Alfred.

Celui-ci n'osait parler. Il regardait Julie en balbutiant.

— Je vous demande pardon, fit la soubrette, je crois avoir oublié quelque chose sur le guéridon…

— Quoi donc ?

— Un peigne…

Et elle fit mine de chercher sur la table.

— C'est curieux, dit-elle, je ne le vois pas. Je croyais pourtant bien l'avoir laissé là…

Alfred s'empressait gauchement.

— Il est peut-être sur la cheminée, disait-il.

— Ou bien il aura roulé par terre. Aidez-moi donc, voulez-vous ?

— Mais avec plaisir.

Et Alfred se baissa pour regarder sous les meubles.

Un instant après, Julie se baissait, elle aussi, et le jeune homme sentait le long de sa joue la caresse des cheveux de la jeune femme.

Il se releva tout rouge.

— Vous l'avez trouvé ? dit Julie.

— Non. Non. Seulement-je ne sais pas ce que j'ai…

La servante souriait.

— Ce ne sera rien, asseyez-vous, ça va passer…

Il s'assit, en effet, sur le divan, et Julie s'assit à côté de lui…

Il la regardait.

Elle rieuse, lui demanda :

— Qu'ai-je donc de si curieux que vous me regardez ainsi ?…

Alfred ne savait plus quoi dire.

Cependant, poussé par il ne savait quelle force, étonné lui-même de sa décision soudaine, il laissa échapper :

— Mademoiselle Julie, vous me pardonnerez de ce que je vais vous dire. Et surtout vous ne le répéterez pas à ma tante.

— Est-ce donc si grave ?

Adrienne était debout devant la glace (page 19).

— Oui, je voudrais vous demander la permission de vous embrasser…

Et sans attendre la réponse, avec l'audace des timides, il passa son bras autour de la taille de Julie et lui appliqua un baiser sur la bouche…

Elle se défendait… pour la forme, disant des « voulez-vous vous taire » qui signifiaient « Encore ! »

Et Alfred recommença…

Mais à ce moment la porte s'ouvrit, et Adrienne apparut.

— Par exemple ! s'écria-t-elle… C'est le jour aujourd'hui.

C'était le jour, en effet, et Adrienne arrivait toujours au moment psychologique.

Si sa soudaine irruption avait, le matin, troublé Paul et Jeanne, elle troubla encore bien plus les épanchements à peine ébauchés d'ailleurs, d'Alfred et de Julie, qui la regardaient, aussi penauds l'un que l'autre…

Alfred aurait certainement préféré être à cent lieues de là…

Il se voyait déjà repronant le train pour regagner sa province et pensait à l'accueil de ses parents, prévenus par une lettre indignée de la tante…

Quant à Julie, elle pensait simplement :

— Je crois que demain matin je pourrai chercher une autre place.

Adrienne, cependant était moins en colère qu'elle voulait le paraître. Elle dut se forcer, pour prendre un air courroucé :

— Eh bien ! C'est du propre, fit-elle, Avec ma femme de chambre !… Vous en avez des mœurs dans votre pays.

— Ma tante… Je vous en supplie,

Vous n'allez pas me dire que c'est Julie qui est venue vous chercher… Et vous, dit-elle en se tournant vers sa servante, ça vous plaisait, n'est-ce pas, ce petit jeu là… C'est pour cela que vous me disiez ce soir que vous trouviez mon neveu gentil… Et vous croyez que je vais tolérer cela, dans ma maison, sur mon divan…

— Madame.

— Oui, je sais ce que vous allez ie dire… que vous vous êtes laissé entraîner

— Non, Madame… Il n'y a rien eu de grave…

— Comment, je vous surprends enlacés et vous embrassant, et vous trouvez qu'il n'y a rien eu de grave…

— Ma tante, on s'est seulement embrassés deux fois…

— Deux fois seulement… voyez-vous cela ?

« Savez-vous ce que je devrais faire ? Vous le pensez bien, n'est-ce pas ? Renvoyer ce jeune homme à sa famille avec une lettre motivée expliquant son indigne conduite.

— Oh non ! Ma tante ! Non. Vous ne ferez pas cela… Je vous en supplie… J'aimerais mieux me suicider…

— Quant à vous, Julie, mon devoir est tout tracé…

— Je comprends… Madame me chasse

— Je devrais vous chasser, parfaitement. Mais je ne le ferai pas, pas plus que je forcerai votre amant à reprendre le train.

Ces deux mots « votre amant », faut-il le dire, caressèrent agréablement les oreilles d'Alfred, rassuré par la nouvelle déclaration d'Adrienne.

Aussi crut-il devoir lui témoigner immédiatement sa reconnaissance :

— Oh ! Ma tante, dit-il, vous êtes bonne, vous êtes généreuse, comment pourrai-je reconnaître votre indulgence.

— Ça, mon petit, je vous le dirai tout à l'heure. Mais d'abord, ne continuez plus à m'appelez ma tante ; vous savez bien qu'il est convenu que je suis votre cousine.

— Oui, ma cousine ! excusez-moi… c'est l'émotion !

— Alors, c'est entendu, je vous pardonne, à vous, Alfred, parce que je comprends que venant de votre province, vous avez été grisé par la première femme que vous tencontrez à Paris, à vous, Julie, parce que je comprends que vous n'ayez pas osé résister à Alfred, qui vous en a sans doute imposé parce qu'il est mon parent. Et puis je sais que les femmes, dans ces circonstances, n'ont jamais tort.

« Donc, vous êtes pardonnés tous les deux, Alfred restera ici comme si rien ne s'était passé entre vous et Julie nesera pas chassée. Mais ce sera à une condition, c'est que vous allez tous les deux faire tout ce que je vous demanderai et que vous jouerez scrupuleusement et fidèlement les rôles que je vais vous confier, sans me demander quelles sont les raisons qui me dictent ma conduite,

— Oh ! ma tante, je ferai tout ce que vous voudrez, s'écria Alfred, vous êtes tellement bonne pour moi.

— En ce qui me concerne, du moment que Madame me garde à son service, Madame sait bien que j'exécuterai fidèlement sans discuter, tous les ordres qu'elle me donnera, déclara Julie.

— C'est très bien. Une autre condition, c'est que vous ne recommencerez plus. Vous allez me le promettre tous les deux.

Alfred et Julie se regardèrent. Cette seconde condition leur plaisait moins que la première.

Ils avaient pris tellement de plaisir à croquer une première fois la pomme que ne plus y mettre la dent leur paraissait une punition exagérée.

Adrienne cependant insista :

— Ah ! Il faut me le promettre, sans quoi il n'y a rien de fait. Comprenez bien que j'ai charge d'âmes. Les parents d'Alfred me l'ont confié en me recommandant de veiller sur sa vertu. Quant à celle de Julie, c'est une autre affaire, mais j'entends qu'elle ne la compromette plus avec mon cousin. Allons, c'est promis ?

Alfred et Julie se regardèrent une fois encore.

Mais la perspective de reprendre le train était si désagréable au jeune Valentin qu'il poussa un profond soupir, et capitula le premier, disant :

— C'est promis, ma cousine,

— Et vous, Julie ?

— C'est promis, Madame.

Adrienne devina bien que les deux coupables ne faisaient cette promesse qu'avec l'intention de ne pas la tenir, mais elle jugea qu'elle pouvait s'en contenter. Elle ajouta seulement :

— D'ailleurs, j'y veillerai.

« À présent, je vais vous expliquer ce que j'attends de vous. Voici :

« Julie, j'ai remarqué depuis que vous êtes à mon service que vous étiez au-dessus de votre condition, et qu'avec un peu d'application, vous pourriez très bien faire bonne figure dans le monde,

« À partir de demain, vous ne serez plus ma femme de chambre. Je vais vous présenter à mes amies comme ma nièce — où plutôt ma cousine. Puisque celle-ci n'a pas voulu venir avec son frère, vous prendrez sa place.

« Quant à vous, Alfred, vous devez, à partir de demain, considérer Julie comme votre sœur, et vous aussi, la présenter comme telle lorsque je vous le demanderai.

« Cela est le point de départ du programme que je me suis tracé et que j'entends que vous exécutiez avec moi.

« Autre chose, Julie, quel est votre nom de famille ?

— Madame ne s'en souvient pas,

— Ma foi non.

— C'est Laroche.

— Fort bien. À partir de demain, Alfred, vous troquerez votre nom de Valentin pour celui de Laroche,

— Ah !… C'est nécessaire ?

— C'est absolument indispensable. Je le veux ainsi. Retenez bien cela, vous vous nommez désormais Alfred Laroche.

— Oui, ma cousine. Mais que diront mes pagents ?

— Ils ne diront rien. Car je n'ai pas besoin et même je vous défends de les en informer. Cela est affaire entre nous.

— Je ne comprends pas…

— Je vous ai dit d'obéir aveuglément, sans me demander mes raisons. Vous n'avez pas besoin de comprendre.

— Bien, ma cousine…

— Julie, vous vous occuperez dès demain matin de vous chercher une remplaçante. En même temps, vous tâcherez de me procurer une autre cuisinière et un autre chauffeur, car je vais donner leur huit jours à tous mes domestiques

« Officiellement, il en sera de même pour vous. Mais vous saisissez, vous qui êtes fine, le motif de ma décision. Les gens de l'office qui viendront ne doivent plus vous connaître autrement que comme étant ma cousine.

Julie sourit. La perspective d'être traîtée dorénavant comme une patronne et de devenir en quelque sorte la demoiselle de la maison, ne lui était pas désagréable. Elle se voyait fort bien dans ce rôle imprévu qui lui ouvrait des horizons nouveaux…

Elle dit :

— Les ordres de Madame seront exécutés. Madame peut compter absolument sur moi.

— C'est très bien, mais il faut vous habituer, vous aussi, à ne plus me dire Madame et à m'appeler « Ma cousine ».

— Ça, par exemple, ce sera rigolo.

— Voilà une réflexion saugrenue : il faudra aussi étudier votre façon de parler. D'ailleurs je vous donnerai des leçons.

— Oh ! ce ne sera pas là peine, Ma… ma cousine, je saurai m'y prendre.

— C'est bien, mon enfant, dites bonsoir à votre frère, et montez dans votre chambre… pour la dernière fois, car il est évident que ma cousine ne peut coucher dans une mansarde au sixième. À partir de demain, vous prendrez possession de la petite chambre inoccupée qui est contiguë à la mienne. D'autant plus que de cette façon, ma chambre se trouvant entre la vôtre et celle d'Alfred, je pourrai mieux vous surveiller tous les deux.

« Allons, mon cousin, dites bonsoir à votre sœur.

Alfred était abruti. Tant d'événements bizarres et imprévus le stupéfiaient…

Le pauvre jeune homme débarqué dans la journée à Paris, se pinçait pour se persuader qu'il ne rêvait pas. Il pensait que sa tante devait être un peu folle, mais il n'osait pas le dire.

Et, obéissant, il dit, en regardant Julie :

— Bonsoir, ma sœur.

La fine mouche lui répliqua en riant :

— Bonsoir, mon frère !…

Et elle monta dans sa chambre, Elle non plus ne comprenait pas très bien où sa patronne voulait en venir, mais elle se disait que le personnage qu'elle allait jouer était facile à tenir et cela lui suffisait.

Alfred restait seul avec sa tante.

Celle-ci crut bon tout de même de lui donner quelques explications :

— Mon petit ami, lui dit-elle, je ne suis nullement folle, comme vous seriez tenté de le croire. Ce que je vous demande — pour quelque temps seulement — me rendra un grand service. Tâchez de me seconder intelligemment et je vous en serai reconnaissante,

— Vous pouvez avoir confiance en moi, ma cousine.

— Allons, dormez bien et ne rêvez pas trop à votre prétendue sœur. Surtout, tâchez de ne plus lui faire la cour, et quand vous voudrez une petite amie, allez la chercher ailleurs que parmi mes domestiques.

Le ton d'Adrienne était cette fois très aimable, et Alfred comprit qu'il commençait à gagner les bonnes grâces de sa tante. La façon dont cela lui arrivait n'était évidemment pas celle qu'avait prévue aa famille, mais c'était la un détail qui n'avait aucune importance, la fin devant justifier les moyens.

Et puisqu'il était assuré maintenant de la reconnaissance de sa parente riche, il s'endormit satisfait et rêva qu'il retournait chez lui, arrivant dans sa ville natale dans une superbe limousine, avec, dans sa poche, un portefeuille bourré de billets de banque.

V

LE PLAN D'ADRIENNE

C'était une idée machiavélique que celle conçue par Adrienne pour se venger de l'infidèle Paul et de la traîtresse Jeanne. Elle avait passé toute sa journée à la retourner dans tous les sens, à la mettre au point, à la parfaire complètement.

Elle lui était venue en pensant à toutes les contrariétés qui l'avaient assaillie depuis le matin.

Elle se résumait en ceci : faire épouser à Paul sa femme de chambre en la faisant passer pour sa nièce. C'est pourquoi elle s'était tant de fois répété qu'il était dommage qu'au lieu d'Alfred, sa belle-sœur ne lui eût pas envoyé sa fille. Dans ce cas, elle aurait réexpédié celle-ci à ses parents, ou mieux l'aurait confiée à une pension de famille des environs de Paris, et aurait fait prendre sa place par Julie.

Mais, en y réfléchissant, elle s'était dit qu'après tout son neveu lui servirait pour affirmer que Julie était réellement sa sœur. Ce qui l'avait d'abord inquiétée, c'était de savoir comment elle s'y prendrait pour faire accepter au jeune homme de tenir ce rôle.

C'est pourquoi elle s'était demandé dans la soirée : Comment le décider ?…

Or, son arrivée inattendue venant déranger les épanchements d'Alfred avec Julie lui avait fourni le prétexte qu'elle cherchait en vain.

Aussi avait-elle été beaucoup moins fâchée qu'elle ne le prétendait de l'aventure esquissée entre sa femme de chambre et son neveu, Elle n'avait pas été dupe et avait très bien compris que Julie avait mis beaucoup du sien pour se faire séduire par le jeune Alfred qu'Adrienne avait deviné très inexpérimenté en amour.

Mais l'occasion était trop favorable pour qu'elle n'en profitât pas. Alfred, à présent ferait tout ce qu'elle voudrait dans la crainte d'être renvoyé à ses parents avec une missive dénonçant le scandale qu'il avait provoqué.

— Pauvre Alfred ! disait Adrienne… Il est gentil tout de même, ce gosse-là.

Et elle s'endormit en savourant à l'avance sa vengeance, se représentant M. Paul Declaux, avocat distingué, fils de magistrat, conduisant à l'autel et à la mairie dans sa robe blanche de mariée, la fille de paysans beaucerons, qui avait été la femme de chambre de son ancienne maîtresse…

Pour une vengeance, c'était une vengeance.

Le tout était qu'elle réussit…

Le lendemain, en se levant, Adrienne s'asseyait devant son secrétaire, et, sur du papier mauve parfumé et marqué à son chiffre, elle écrivait la lettre suivante à Jeanne,

« Ma chère amie,

« Je ne veux pas attendre plus longtemps pour venir m'excuser de mon algarade d'hier. Deux amies comme nous ne doivent pas se fâcher pour une chose aussi futile que le caprice d'un homme.

« J'ai bien réfléchi. Entre Paul et moi, il y avait surtout une longue habitude. Ma premiére colère passée, je suis revenue à plus de bon sens et je me suis dit que j'avais obéi à un mouvement d'humeur causé par une blessure d'amour-propre.

« Paul ne m'aime plus. Moi non plus. Je m'accoutume sans colère et sans dépit à l'idée qu'il peut en aimer une autre, et même que cette autre soit mon amie Jeanne.

Sans attendre, il enlaçait Julie (page 25).

« Il ne faut pas qu'il reste trace entre nous de cette brouille ridicule. Dis à Paul que je ne lui en veux pas, que je m'incline devant le fait accompli.

« Et pour vous le prouver à tous deux, je me ferai un plaisir de vous recevoir chez moi, quand vous le voudrez, « en amis ».

« Sans rancune. Je t'embrasse.

Adrienne »

Cette missive terminée, l'ancienne maîtresse de Paul en fit une autre à l'adresse de son ex-amant.

Elle emprunta cette fois le ton langoureux d'une amie délaissée qui se résigne à son sort, tout en gardant un bon souvenir des moments d'autrefois. Et elle terminait en disant :

« Je te laisse aller vers celle que tu m'as préférée. On ne peut pas forcer quelqu'un à vous aimer toujours. Ce que je te demande seulement, c'est de me garder un peu d'amitié en souvenir du passé. »

Adrienne relut deux fois les lettres, puis, satisfaite de leur rédaction, elle les cacheta et les fit porter à la poste.

Lorsque Jeanne et Paul reçurent, dans la soirée, cette étrange correspondance, ils ne surent que penser.

Le soir, en se retrouvant dans la garçonnière du jeune avocat, ils échangèrent leurs impressions.

— Crois-tu, disait Jeanne, ce qu'elle a osé m'écrire. Elle me dégoûte, c'est un manque de dignité comme on n'en a jamais vu. J'aimais encore mieux ses menaces.

Moi aussi, opinait Paul, qui était vexé au fond de la phrase d'Adrienne sur l'amour remplacé par l'habitude.

— J'espère bien que tu ne remettras pas les pieds chez elle.

— Oh non !

— Fais bien attention, C'est là qu'est la ruse ! Elle veut te reprendre.

— Mais elle n'y réussira pas. C'est fini, bien fini entre elle et moi à présent.

— Bien sûr… Tu me le jures !

— Je te le jure.

Et un baiser ponctua ce serment.

— En tous cas, observa Jeanne, cela prouve qu'elle est convaincue qu'il n'y a rien à faire pour le moment…

— Ni pour le moment, ni jamais…

Après quelques instants de silence, Jeanne reprit :

— Ça ne fait rien. On devrait tout de même y aller une fois, rien qu'une fois pour voir quel accueil elle nous ferait. D'abord, c'est nouveau, elle qui ne voulait jamais recevoir personne…

— Nous irons si tu veux, déclara Paul. Moi, tu sais, je n'y tiens pas…

— Tu n'es pas sûr de toi ?

— Oh ! si !… Qu'est-ce que tu me demandes là ? Aucune autre femme que toi n'existe plus pour moi.

Inutile de dire que Paul avait une folle envie de retourner chez Adrienne où il n'avait plus pénétré que de loin en loin depuis la mort d'Ambroise Rouchaud.

Quant à Jeanne, elle n'était pas moins désireuse de savoir ce que pouvait bien comploter son amie de la veille, car elle ne se faisait aucune illusion sur les assurances de sympathie contenues dans la lettre qu'elle avait reçue.

Mais comment aurait-elle pu deviner l'idée fantastique qui avait germé dans la cervelle d'Adrienne ?

Ainsi tous deux mordaient, sans s'en douter, et autant qu'Adrienne pouvait l'espérer, à l'hameçon qui leur était tendu.

Adrienne, de son côté, poursuivait l'exécution de son plan.

Deux jours plus tard, de nouveaux domestiques avaient remplacé ceux qu'elle avait congédiés et Julie, stylée par elle, s'était muée en une jeune demoiselle timide et rougissante qu'elle pouvait, en toute confiance, présenter comme sa cousine de province.

La jeune camériste avait eu tôt fait d'apprendre son rôle, Elle était assez fine pour avoir compris tout le parti qu'elle pourrait tirer de cette substitution.

Quant à Alfred, il s'était résigné à appeler Julie sa sœur, en attendant l'occasion qu'il espérait bien retrouver, de la traiter avec une sympathie beaucoup moins platonique.

Mais la tante veillait jalousement sur les deux jeunes gens, empêchant tout rapprochement dangereux…

Il avait bien fallu dévoiler à Julie une partie de son plan.

Elle lui avait dit :

— Je vous présenterai à un Monsieur Declaux. Vous serez aimable avec lui sans oublier la réserve et la timidité de votre nouvelle position sociale… L'important, c'est qu'il vous fasse la cour. Pour le reste, je vous donnerai des instructions quand le moment sera venu. Mais surtoutt, ne précipitez pas le mouvement !

Julie, naturellement, promit tout ce qu'Adrienne voulut. Elle se disait seulement qu'elle déciderait elle-même, à l'instant opportun, s'il y avait lieu ou non de précipiter le mouvement.

Enfin, le jour des présentations arriva.

Adrienne invita plusieurs amis à l'occasion du séjour à Paris de ses cousins de province, et naturellement Paul et Jeanne furent parmi les invités.

Adrienne fit largement les choses et offrit un dîner, au cours duquel elle eut soin de placer Paul à côté de sa prétendue cousine.

Personne n'y vit malice, pas même Jeanne, qui était trop préoccupée à observer l'attitude de la maîtresse de la maison à l'égard de son amant. Celui-ci cependant ne fut pas sans remarquer sa voisine de table, à qui il parlait de sa ville natale, — qu'il connaissait pour y être passé au cours d'un voyage.

Julie soutint très bien le choc.

Elle répondait par des monosyllabes en rougissant comme elle le devait et elle sut si bien dire « oui, monsieur » ou « non, monsieur » en baissant les yeux que Paul était, au dessert, enthousiasmé de la petite provinciale.

Alfred, lui, continuait à agir sans comprendre, et à parler ou se taire suivant les ordres de sa tante-cousine.

Le jeune homme avait maintenant une grande admiration pour sa parente, bien qu'il ne comprit toujours pas quel but elle poursuivait.

Les jours passèrent. Adrienne sortait maintenant, flanquée de ses deux cousins. Elle les conduisait à des thés, voire même au théâtre.

Et presque toujours, lorsque Julie l'accompagnait, elle s'arrangeait pour se rencontrer avec Paul. Celui-ci, de son côté, faisait tout ce qu'il pouvait afin de se trouver sur le chemin de son ancienne maîtresse, surtout pour retrouver celle qu'il croyait une pure et innocente jeune fille.

Les choses marchaient donc en tout point comme Adrienne le désirait. Il ne s'agissait plus que de les précipiter.

VI

Cousin et Cousine

Alfred pourtant, tout en se prêtant à la comédie imaginée par sa tante, trouvait que celle-ci exagérait sa surveillance autour de lui.

Le jeune homme se sentait encore moins libre que lorsqu'il vivait dans sa famille.

Il avait acquis, depuis son arrivée à Paris, une certaine hardiesse et il résolut de faire comprendre à sa parente qu'il lui serait agréable de sortir quelquefois seul. En outre, il brûlait du désir de déchiffrer un peu de l'énigme posée par Adrienne en substituant Julie à sa sœur, et en le faisant changer d'état-civil.

Il y était d'autant plus encouragé que sa tante était devenue de plus en plus aimable avec lui, et qu'à part le travers qu'elle avait de ne vouloir jamais le quitter — ou à peu près — elle le traitait très affectueusement. Adrienne avait même pris l'habitude de tutoyer son neveu, bien que celui-ci n'eut pas encore osé abandonner à son égard le vous respectueux.

D'autre part, le séjour du jeune Valentin se prolongeait à Paris sans qu'il ait encore entrevu la possibilité de parler à Adrienne du véritable motif de son voyage et risquer une allusion à son mariage avec Aglaé, la fille du notaire et à la nécessité pour lui d'apporter quelques billets de mille pour les jeter, dans la corbeille de mariage, à côté de la dot de sa fiancée.

Certain soir qu'il se trouvait, après le dîner, en tête à tête : avec Adrienne, il en profita pour risquer sa requête :

— Ma cousine, dit-il (il s'était enfin habitué à l'appeler ainsi), ma cousine, je vous ai promis de ne plus chercher à compromettre Julie. Vous devez vous apercevoir que j'ai tenu cette promesse, mais il y a deux choses que je voudrais vous dire.

— Lesquelles donc ?

— D'abord je désirerais savoir tout de même combien de temps cette comédie va durer et où vous voulez en venir,

— Où je veux en venir. Vraiment, cela t'intéresse, jeune curieux. Tu m'avais pourtant bien promis de m'obéir aveuglément sans me demander mes raisons.

— Sans doute, Mais, tout de même…

— Eh bien ! Je vais, malgré cela, te laisser entrevoir un peu de la vérité. La comédie finira bientôt. Fais seulement attention ; M. Declaux, tu as dû t'en apercevoir, tourne beaucoup autour de Julie. Tâche de les surprendre au bon moment et de défendre, comme il sied à un frère, la vertu de ta pseudo-sœur…

— Vous voulez donc vous venger de M. Declaux…

— Si je veux me venger de lui, le misérable !…

Alfred, tout ignorant qu'il fût de bien des choses, commençait à comprendre, sans cependant deviner jusqu'où allait la supercherie de sa tante.

Cependant, il lui dit :

— Vous pouvez compter sur moi, S'il vous a fait quelque injure, je vous aiderai à l'en punir,

Cette façon de se poser en chevalier servant de ses rancunes plut beaucoup à Adrienne, qui dit en riant :

— À la bonne heure ! Voilà un cousin qui est un galant homme ! J'en ferai quelque chose.

Alfred crut le moment propice pour exprimer son second désir :

— Ma cousine, dit-il. Vous venez de le dire, je suis un galant homme ! Donc je ne suis plus un petit garçon...

— Sans doute.

— Alors, si je ne suis plus un petit garçon, pourquoi exercez-vous sur moi une surveillance si étroite ? Je vous ai promis de ne plus faire la cour à Julie, mais je ne vous ai pas promis autre chose... Je pense que d'autres... personnes me sont peut-être permises...

— Oh ! par exemple !... Est-ce possible ! s'exclama Adrienne avec une indignation qui surprit son neveu.

— C'est très possible !... Ma foi, j'ai vingt ans... et pardonnez-moi ma cousine, je me sens parfois des ardeurs que... je voudrais bien satisfaire.

— Voyez-vous cela... ce jeune Alfred... Il se sent des ardeurs !...

— Il n'y a pas de quoi rire.

— Et que veux-tu que je fasse ? Je ne vais tout de même pas prendre ce que tu me racontes là au sérieux.

— Ma cousine, je voudrais bien que vous me laissiez sortir seul de temps en temps.

— Eh bien ! Il ne manquerait plus que cela !… Tu oublies que ta mère t'a confié à moi, qu'elle compte que je la remplacerai pour t'éviter « les tentations qui guettent toujours un jeume homme seul à Paris ». C'est ce que je fais, mon petit Alfred, et ainsi je remplis strictement mon devoir… Ne pense pas que je me relâcherai un moment de cette surveillance. Il y a trop de dangers dans la capitale pour que je t'accorde la liberté que tu me demandes… Nous verrons cela plus tard…

Alfred était stupéfait. Sa tante était décidément une énigme. Il avait bien deviné qu'elle s'embarrassait peu de préjugés, et l'histoire même de sa vengeance contre M. Declaux le lui prouvait encore… Et voilà qu'elle se montrait soudain jalouse de sa vertu… à lui !…

— Allons, dit Adrienne, si tu veux me faire plaisir, ne me parles plus de cela.

L'entretien, ce soir là, n'alla pas plus loin.

Mais Alfred ne se tenait pas pour battu. Quelques jours plus tard, alors qu'il venait du théâtre avec sa tante (cette fois on n'avait pas emmené « sa sœur ») et tandis que celle-ci enlevait son chapeau, le jeune homme qui avait accompagné Adrienne jusque dans sa chambre voulut frapper un grand coup :

— Ma cousine, lui dit-il, je ne comprends pas. Vous voulez que je reste sage et vous m'emmenez au théâtre voir des choses et surtout des femmes qui m'excitent toujours au point que lorsque je rentre, je suis comme fou…

— Comment, tu reviens encore sur ce sujet ?

— Oui, j'y reviens. Je ne peux pas faire autrement que d'y revenir. Car si vous continuez à me priver de ma liberté, comme j'ai promis de ne plus m'adresser à Julie et que je veux tenir ma promesse, ce sera tant pis pour votre nouvelle femme de chambre…

— Diable ! Voyez-vous ce Don Juan qui veut suborner toutes mes servantes les unes après les autres. Mais, mon pauvre petit, elles ne seront pas toutes à ta disposition. Et tu es bien présomptueux de supposer que celle-ci ne te résistera pas plus que Julie…

— Alors, laissez-moi un peu de liberté.

— Et qu'en ferais-tu, petit malheureux, de ta liberté ? Crois-tu donc que je n'ai pas deviné tout de suite que, dans ton aventure avec Julie, si celle-ci n'y avait pas mis beaucoup du sien, tu serais encore à te demander si tu oserais seulement lui parler…

— Cependant.

— Il n'y a pas de cependant !…

Et Adrienne éclata de rire :

— Non, Alfred qui veut une petite amie !… Mais tu ne saurais seulement pas quoi lui dire si tu étais seul avec elle…

— Je ne saurais pas, c'est vous qui le dites.

— C'est trop amusant !…

Adrienne regardait Alfred d'une si étrange façon… que le jeune homme rougit jusqu'aux oreilles.

— Tu rougis comme une jeune fille… Je te vois rougissant ainsi devant ta petite amie. Qu'est-ce qu'elle penserait de toi ?

— Oh ! C'est bien différent. Vous, vous es pas ma petite amie…

— Alors, si tu étais seul avec ta petite amie, tu ne rougirais pas ?…

— Oh ! non !

— Et qu'est-ce que-tu ferais ?…

— Dame !… Je ne peux pas vous le dire…

— Tu ne peux pas me le dire, et pourquoi donc ?… Tiens nous allons voir si tu saurais vraiment comme il faut s'y prendre…

Adrienne lui vint en aide (page 43).

« Voilà, suppose qu'au lieu d'être ta tante, je sois ta petite amie. Nous avons passé la soirée au spectacle et nous rentrons tous les deux… nous sommes seuls comme nous voici… alors, qu'est-ce que tu fais ?

— Oh ! ma tante… !

— Eh bien ! quoi, ma tante !… Montre un peu pour voir. Ça n'a pas d'importance, puisque c'est pour nous amuser… Allons !…

— Eh bien… voilà… d'abord je lui prendrais les deux mains dans les miennes… et je les embrasserais…

Adrienne, que ce jeu amusait, tendit ses deux mains :

— Oh ! ma tante ! Vous voulez…

— Je veux…

Alfred prit les deux jolies mains qui lui étaient offertes et déposa un baiser sur chacune d'elles.

— Ça n'est pas trop mal ! Mais deux amoureux ne se contentent pas de s'embrasser les mains… Après ?…

— Après… après… Je lui dirais : « Vous êtes belle et je vous aime ! »

— Ah !… continue…

— Je ne peux pas, ma tante…

— Et pourquoi donc, ne peux-tu pas, puisque c'est pour me montrer ?…

— Je n'ose pas…

— Si tu n'oses pas, ta petite amie ne sera pas contente. Vois-tu, les femmes aiment beaucoup qu'on ose…

— C'est qu'après, je la prendrais dans mes bras, je la serrerais bien fort… Et puis… je… je…

— Tu… Tu… allons… dis…

— Je dégraferais sa robe…

— Ça, par exemple, je voudrais voir comment tu ferais…

— Je ne peux pourtant pas aller jusque là en plaisantant avec vous…

Adrienne haussa les épaules :

— Voyons, entre une tante et son neveu, ça ne veut rien dire. Tu peux bien dégrafer ma robe, justement la femme de chambre est couchée…

— Puisque vous le voulez… alors…

Et Alfred s'approcha… puis se mit en devoir de défaire la robe de sa tante. Il faut dire qu'il était malhabile et que ses doigts tremblaient fort. Heureusement Adrienne lui vint en aide, tout en riant, la robe tomba, et la jeune femme apparut en un suggestif déshabillé…

— Et maintenant ? dit-elle…

— Oh ! maintenant… c'est trop grave…

— Vraiment ?… Je suppose qu'après un pareil exploit, tu n'en resterais pas là. Si ta petite amie t'apparaissait ainsi tu ne la regarderais pas comme tu me regardes…

— Si… mais je l'embrasserais partout sur les cheveux, sur les yeux, dans le cou…

— Ah !… Ah !… Comment ferais-tu cela ?… Montre-moi un peu…

— Oh ! ma tante…

— Laisse-moi donc tranquille avec tes « ma tante ». Tu ne dirais pas « ma tante » à ta petite amie... Tu l'appellerais par son petit nom... Adrienne par exemple, si c'était moi...

Pour le coup, Alfred perdit toute mesure...

— Prenez garde, dit-il, vous jouez avec le feu !...

— Bigre !... Heureusement je n'ai pas peur d'être brûlée...

— Vous avez tort...

Ma foi, Adrienne était tentante et désirable comme tout. La plaisanterie durait depuis longtemps... Alfred l'attira lui, disant :

— Tant pis... c'est vous qui l'aurez voulu...

Et il se mit à l'embrasser follement répétant :

— Puisque tu es ma petite amie, je vous aime... je t'aime... je t'aime...

Adrienne ne disait plus rien.

Fut-ce elle qui l'entraîna ou lui qui la poussa vers le lit ?

Toujours est-il que, quelques instants plus tard, en ouvrant les yeux, elle se retrouva couchée à côté d'Alfred...

Celui-ci la contemplait et son regard semblait dire :

— Est-il vrai que je l'ai possédée ?...

— Alfred ?... dit-elle.

— Adrienne ?...

Cette fois il n'y avait plus ni tante, ni cousine...

— Pour un débutant, tu promets...

Alfred répondit du tac au tac :

— Ma chérie, les bonnes promesses sont celles qu'on ne tarde pas à tenir...

Et il prouva aussitôt à sa tante-cousine-petite amie qu'il tenait les siennes incontinent…

Il avait enfin compris pourquoi Adrienne veillait sur lui si sévèrement, elle était jalouse !…

À présent, il n'aurait plus besoin de sortir seul, et sa chaîne lui semblait très douce… Il ne pensait plus ni à la tendre Aglaé ni à l'effrontée Julie…

Naturellement, dès le lendemain matin, il était au courant complètement des projets de vengeance d'Adrienne et jurait de les faire triompher…

Ils s'éveillèrent tard, et Julie, qui, maintenant, commandait à toute la domesticité, ne fût pas peu étonnée de ne voir se lever ni sa maîtresse, ni son pseudo-frère… Soupçonna-t-elle la vérité, nul ne saurait le dire… Pourtant, elle souriait d'un air entendu au déjeuner du midi, en demandant à Alfred :

— Eh bien ! mon frère… as-tu passé une bonne nuit ?

VII

Frère et Sœur

Julie pensait ce qu'elle pensait, Cela, d'ailleurs n'avait autrement pas d'importance. Pour le moment, elle s'amusait énormément de voir tourner autour d'elle Paul Declaux qui lui faisait une cour des plus respectueuses comme à une jeune fille bien élevée. Cela la changeait des façons plutôt cavalières dont les hommes la traitaient habituellement.

Elle répondait par des soupirs prolongés aux effets savamment calculés à tous les compliments de l'avocat, qui allait au devant des désirs d'Adrienne et aurait certainement déjà posé sa candidature à la main de celle qu'il croyait être Mlle Julie Laroche, cousine de Mme veuve Rouchaud, d'excellente famille. La seule chose qui le chagrinât, c'est que la dot de Julie serait vraisemblablement offerte par Adrienne, et, ma foi, il était un peu gêné étant données ses anciennes relations avec la cousine de celle qu'il espérait épouser.

Son ancienne maîtresse s'en était rendu compte et un soir, à l'heure du thé, elle avait, sans en avoir l'air, amené la conversation sur ce sujet :

— Si ma jeune cousine prolonge trop longtemps son séjour à Paris, avait-elle dit, elle s'en retournera certainement avec un mari : car j'ai déjà reçu plusieurs demandes pour elle… Mais elle n'est pas pressée, n'est-ce pas, Julie ?

— Oh ! non, ma cousine…

— D'ailleurs, aucun de ces partis ne lui convenaient. Et puis, il faut le dire, Julie est une jeune fille bien élevée, mais elle n'aura pas de dot. Et ce n'est pas moi qui lui en donnerai une ; elle a à ce sujet des idées bien arrêtées, et elle a déjà refusé l'offre que je lui en avais faite…

— Certainement, ma cousine, répétait Julie bien stylée, non seulement je ne veux rien de votre fortune, mais j'entends me marier sans dot, afin d'être certaine d'être aimée pour moi-même.

Paul était fixé…

Quant à Jeanne, qui commençait à craindre que la jeune fille ne lui enlevât son amant, cette révélation la remplit de joie. Paul n'épouserait certainement pas une femme sans dot ; et quant à faire de cette enfant sa maîtresse, c'était impossible. Elle aurait presque remercié Adrienne de sa déclaration.

D'ailleurs, les deux femmes étaient redevenues très bonnes amies. Jeanne n'avait jamais eu à relever la moindre incorrection, ni dans l'attitude de son amant, ni dans celle d'Adrienne… Au début de la reprise de leurs relations, ils avaient bien un peu été gênés (cela se conçoit) mais, depuis, de nouvelles habitudes avaient été prises. Il faut dire aussi que Mme Rouchaud ne recevait jamais le couple hors de la présence de ses deux cousins, qui semblaient maintenant occuper toute son existence…

Mais la révélation d'Adrienne avait produit sur Paul un tout autre effet que ne le croyait son amie. Tout de suite, il avait échafaudé tout un nouveau plan. La jeune fille ne semblait pas repousser ses avances. Ma foi, en lui promettant le mariage, il arriverait peut-être à la conquérir sans passer devant le maire.

La fille de petits fonctionnaires de province, du moment qu'elle n'avait pas de dot, pouvait fort bien se contenter, comme situation sociale, d'être l'amie d'un avocat riche et distingué… Et ce serait une vengeance contre Adrienne qui, depuis qu'il était reçu de nouveau chez elle, s'était montré si réservée à son égard, repoussant toutes les avances de son ancien amant…

Il trouvait l'aventure pleine de piquant, et se voyait déjà enlevant cette petite, et jugeant de la fureur de sa cousine qui aurait à s'expliquer avec les parents…

De ce jour, il se fit plus pressant auprès de Julie, qui riait sous cape, en entendant les allusions toujours voilées dont il se servait.

Une après-midi qu'il était venu un peu avant l'heure du thé, il se décida à porter un grand coup et à faire une déclaration en règle.

Il y alla d'un petit discours bien préparé, jurant que c'était précisément l'absence de dot qui l'engageait à parler, certain qu'en faisant sa démarche elle ne serait pas jugée intéressée. Il offrait tout à la fois, son cœur et sa fortune à la rougissante Julie, qui soupirait toujours et finit par lui dire :

— Je ne sais pas que vous répondre…

— Dites oui. Rendez-moi le plus heureux des hommes.

— Il faut que j'en parle d'abord à ma cousine.

— Non… Plus tard… quand je vous le dirai…

— Pourquoi donc… ?

— Parce que, lorsque vous m'aurez dit ce « Oui » tant attendu, il faudra que j'en parle à mes parents, que je les habitue à cette idée d'un mariage avec une jeune fille sans fortune… Vous comprenez qu'autrement ils s'y refuseraient… Votre cousine en serait très froissée, et notre bonheur, ce bonheur auquel je tiens tant serait infailliblement compromis…

Il lui avait pris la main et lui disait :

— Je vous en supplie… Julie… accordez-moi un baiser…

Et, calculant son effet, il la baisa chastement sur le front. D'abord…

Mais elle lui échappa, criant :

— C'est mal !… c'est mal !

Et il ne put aller plus loin ce jour-là…

Mais le premier pas était fait… si bien qu'un jour, ou plutôt un soir, elle se laissa embrasser même sur les lèvres, en lui disant timidement :

— Monsieur Paul… Je vous aime… Je ferai tout ce que vous voudrez…

Tout ce qu'il voulait… Son triomphe était complet. Il allait donc posséder cette jeune vierge et l'initier à l'amour…

Il la serrait contre lui, la pressait dans ses bras, lui disant :

— Ma chérie… Ma chérie !…

À ce moment la porte du salon où il se trouvait s'ouvrit et Alfred parut, un Alfred bien différent certes de celui qui était débarqué quelques mois plus tôt dans la capitale, un Alfred courroucé, indigné, qui s'écria théâtralement :

— Qu'est-ce que c'est, Monsieur… Qui vous à permis ces familiarités avec ma sœur ?…

Paul se sentait mal à l'aise… Nouveau Faust en face de ce Valentin de vingt ans, il ne savait que dire.

Alfred se tourna vers Julie :

— Et vous, Julie, pouvez-vous vous être laissé entraîner ainsi ? Retirez-vous et laissez-moi seul avec votre…

— Non… Alfred… Je jure…

— Avec ce Monsieur…

Et Julie sortit en cachant sa tête entre ses mains et se lamentant :

— Ah ! mon Dieu ! mon Dieu !

Lorsque Alfred et Paul furent seuls, l'avocat avait pris un parti, celui de ruser :

— Monsieur, dit-il, mes intentions sont honnêtes… Je voulais seulement tenir de Mademoiselle votre cœur elle même l'assurance qu'elle m'aimait avant de demander officiellement sa main à vos parents…

— Dans ce cas, je n'ai rien à dire. Mais j'espère que, dès demain, cette demande sera faite officiellement à ma cousine qui représente ici ma famille.

— Sans doute, Monsieur, sans doute…

— Autrement, je vous demanderais compte… sur un autre terrain… de l'insulte faite à ma sœur…

— Certainement, mais il faut au moins que j'obtienne le consentement de mon père qui, je vous en préviens, acceptera difficilement une jeune fille qui n'a pour dot que sa jeunesse…

— Alors, si vous n'étiez pas sûr, Monsieur, de ce consentement, pourquoi abusiez-vous de la candeur et de l'innocence de cette enfant…

Adrienne entra à son tour à cet instant :

— Qu'est-ce que j'apprends ? dit-elle. Ici, sous mon toit, vous avez osé, Monsieur Declaux…

— Oh !… Madame…

— Pas d'ironie ! Il faut réparer et épouser Julie… Savez-vous ce que cette malheureuse vient de me dire, qu'elle se suiciderait si vous ne la preniez pas pour femme… Il faut réparer, mon petit, tant pis pour vous… Quant à la dot tranquillisez-vous, elle a une vieille marraine de 80 ans millionnaire qui lui léguera toute sa fortune… Voilà de quoi apaiser, je pense, les susceptibilités de Monsieur votre père…

— Oh ! que me dites-vous… Mais du moment que je peux dire cela à mon père, notre bonheur est assuré… Je cours au contraire, l'avertir…

Et Paul s'en fut.

Alfred regardait Adrienne en riant… Julie, qui avait tout entendu, cachée derrière une tenture, survint, et s'exclama :

— Ah ! Madame !… Madame ! Le coup de la marraine c'est épatant !

— Toi, ma petite, tâche de te tenir bien jusqu'après la cérémonie, car j'entends, comprends-tu, aller jusqu'au mariage inclusivement.

— Ce sera difficile. Nous ne sommes pas en Amérique où il suffit d'aller chez le pasteur.

— Il suffit de deux dimanches, c'est-à-dire dix jours entre la publication des bancs et le mariage.

« Nous dirons que la vieille marraine est tombée subitement malade et que son testament n'est valable que si Julie est mariée, condition expresse stipulée par cette originale… Voilà !…

Il la serrait contre lui (page 47).

L'annonce de ces fiançailles et de ce mariage impromptu entre M. Paul Declaux et Mlle Julie Laroche, cousine de Mme Rouchaud, provoqua bien des potins parmi leurs relations, mais l'histoire de la vieille marraine avait fait le tour des salons où les uns et les autres fréquentaient et chacun l'avait prise pour argent comptant.

Adrienne qui pensait à tout, avait même expliqué que les parents de Julie ne pouvaient pas venir parce qu'ils étaient accourus au chevet de la mourante…

Il n'y avait qu'une personne qui était furieuse naturellement, c'était Jeanne.

Elle ne croyait pas à une ruse d'Adrienne et ne supposait pas, tant cette comédie avait été bien jouée, que Paul ait pu être attiré dans un piège. Elle ne voyait qu'une chose, c'est qu'il avait voulu séduire la jeune fille et l'épousait à cause de son riche héritage… et surtout qu'elle était délaissée.

Elle espéra que peut-être elle pourrait encore empêcher le mariage et vint trouver Adrienne.

Celle-ci la reçut le sourire sur les lèvres, méditant ce vieil adage qui déclare que « la vengean un plat qui se mange froid ». Elle entendait non seulement le manger, mais le déguster…

Jeanne était dans un état de surexcitation extrême qui causa à son amie la plus grande satisfaction.

— Crois-tu que c'est possibl, une chose pareille ! disait-elle…

« Et toi, tu laisses faire cela… Tu laisses ton ancien amant épouser ta nièce !…

« C'est dégoutant !

— Tu trouves ?

— Tu n'as pas de sens moral !

— Vraiment ?

— Mais ça ne m'étonne pas… Toi, tu nous recevais bien ici tous les deux, après ce qui s'était passé…

— Et vous y veniez… Toi la première…

— Parce que je suis polie !… Mais si j'avais su comment cela devait finir je n'y aurais jamais mis les pieds !…

— Ah ! si on savait comment tout doit finir, on ne commencerait jamais rien. Ainsi, on éviterait de faire rencontrer son amant avec sa meilleure amie…

Jeanne resta bouche close.

— Évidemment. Tu viens ici, tu me fais une scène violente parce que Paul t'a quittée pour épouser ma nièce…

« Eh bien ! C'est tout naturel ! Paul était fatigué de toi, il en a pris une autre, voilà tout, comme il avait déjà fait, lorsqu'il était fatigué de moi ; il en avait déjà pris une autre, mais alors tu trouvais ça très bien, parce que l'autre c'était toi…

« Voilà, c'est la roue qui tourne. Il ne faut pas s'en faire.

« Tiens, tu vois, moi, ce sont des histoires qui ne m'arriveront plus…

— Pourquoi donc ?

— Parce que, moi, je n'ai plus d'amant… Les hommes, c'est fini…

— Non… Ta veux rire…

— Je ne ris pas le moins du monde… C'est un moyen infaillible, même le seul, pour ne pas être trompée…

— Eh bien ! moi, je te dis que si tu n'empêches pas ce mariage de se faire, je crierai que tu as été la maîtresse de Paul, que tu l'es encore, que tu lui fais épouser ta nièce pour le garder auprès de toi et faire ménage à trois…

« D'ailleurs, ajouta Jeanne après une pause, tu en es bien capable… et je viens peut-être de découvrir la vérité sans le vouloir…

— Ah ! Ah ! ma pauvre petite… la vérité est bien plus drôle que ça ?

— Comment elle est plus drôle !

— Mais oui, plus drôle… parce que…

— Parce que, quoi ?…

— Parce que plus simple… Parce que ce qui est drôle c'est que tu sois si en colère. Tu me rappelles moi-même le jour où je vous ai surpris avec Paul…

— Tiens, tu n'as pas de cœur… tu n'as pas de sens moral… C'est une honte ! s'écria Jeanne.

Et elle sortit en claquant la porte…

Adrienne dit :

— Cela, c'est déjà bien… mais ce n'est rien… Attendons le lendemain du mariage… de M. Paul Declaux avec Mlle Julie Laroche.

VIII

AGLAÉ S'INQUIÈTE

Cependant, tandis que tous ces événements se déroulaient à Paris, M. et Mme Valentin attendaient toujours la lettre de leur fils leur annonçant que la tante avait enfin consenti à le doter richement.

Il faut ajouter que les parents d'Alfred attendaient patiemment. Ils recevaient fréquemment des nouvelles du jeune homme qui, sans leur donner de détails — et pour cause — leur assurait que tout allait pour le mieux, qu'il avait plus qu'il ne pouvait l'espérer, gagné les bonnes grâces de la tante, mais ajoutait qu'il fallait être diplomate et ne rien brusquer.

À la vérité, si Alfred était heureux comme tout, il était plus embarrassé que jamais pour poser à Adrienne la question d'argent.

Et l'on comprendra son embarras si l'on réfléchit qu'il s'agissait de demander à sa maîtresse de lui procurer les moyens de se marier richement.

Il y avait même complètement renoncé depuis le jour où il avait pour la première fois, serré Adrienne dans ses bras.

Et puis, disons la vérité : Adrienne était jolie femme, c'était une amante parfaite, et Alfred n'avait nulle envie de la quitter pour retourner épouser la fille du notaire de sa ville natale. Il y avait même belle lurette que la pauvre Aglaé était complètement oubliée et que le jeune homme avait abandonné l'idée d'en faire sa femme.

Il aurait dû évidemment ne pas tromper plus longtemps cette jeune personne. Mais cela aussi lui était bien difficile, car il ne pouvait le faire sans donner à la fille du notaire, autant qu'à ses parents, des raisons sérieuses… et il ignorait lesquelles. En outre, sa famille s'étonnerait qu'il restât plus longtemps à Paris s'il n'avait plus rien à y faire… elle exigerait peut-être qu'il retournât dans son pays…

Pour toutes ces raisons, Alfred avait évité de répondre autrement que par des phrases vagues aux demandes de ses parents.

Et ceux-ci s'impatientaient.

— Enfin, disait un soir Mme Valentin à son mari, voilà six mois qu'il est à Paris. Il devrait déjà avoir réussi… Il y a, dans tout cela, quelque chose qui n'est pas naturel.

— Sans doute, affirmait M. Valentin, sans doute. Mais Alfred a peut-être raison d'être prudent. Tu sais bien que dans sa dernière lettre, il nous écrivait : « Ma tante est pleine de confiance pour moi ; elle me donne de grandes marques d'affection (sur ce point il ne mentait pas), mais le moment psychologique n'est pas encore venu. C'est une femme excellente, mais elle m'a dit souvent : « Tu peux tout me demander, sauf de l'argent ». Il faut que j'arrive à lui faire comprendre que m'offrir une dot, ce n'est pas tout à fait la même chose que de l'argent qu'elle donnerait de la main à la main. »

« Rappelle-toi cela. Ce garçon est prudent. Il a raison… plus que nous qui sommes loin et ne pouvons nous rendre compte…

— Et moi je t'assure… J'ai comme l'intuition qu'Alfred nous cache la vérité.

« Sais-tu ce que je crois ? moi ? C'est que cette aventurière le traite très mal, ne lui prodigue aucune marque d'affection, mais qu'il n'ose pas revenir sans avoir réussi… Il faudrait lui écrire de rentrer nous voir… ou bien mieux, aller a Paris.

— Aller à Paris ?

— Pourquoi pas. Nous irons pour le voir… c'est très naturel… Au besoin j'irai seule. Mais, sans prévenir, de façon à ce que je puisse mieux me rendre compte.

— Peut-être !… Comme tu voudras ! Mais auparavant, on pourrait tenter une dernière fois d'écrire à Alfred.

Justement, à ce moment, on sonnait à la porte du logis.

C'étaient Aglaé et sa mère qui venaient demander s'il y avait des nouvelles.

— Toujours les mêmes… c'est-à-dire encore rien de précis.

Et Mme Valentin recommença pour la mère d'Aglaé à exposer ses appréhensions, tout en faisant certaines réserves toutefois, car il ne fallait pas laisser entrevoir à la notairesse un échec possible qui pourrait faire manquer le mariage.

— Tout doit venir de la timidité d'Alfred, assura Mme Valentin. Et j'ai décidé d'aller moi-même à Paris voir ma belle-sœur. Mieux que mon fils, je pourrai lui parler et, puisqu'elle lui temoigne tant d'affection, lui faire comprendre qu'elle doit l'aider à s'établir.

En rentrant chez elle, la mère d'Aglaé déclara à sa fille :

— Mon enfant, je crois bien que le jeune Alfred nous reviendra comme il est parti…

— Oh ! non ! Maman ! Non… Ce ne serait pas possible !

— Rien, au contraire, ne me paraît plus probable. Je ne veux pas te faire de peine mais je crains bien que nous ne soyons obligés de rompre les fiancailles. Tu as, Dieu merci, assez d'autres prétendants…

— Et moi je ne veux pas… J'ai promis à Alfred, je ne peux pas revenir ainsi sur ma parole. Et quand bien même il ne réussirait pas à obtenir un don de sa tante, peut-être trouvera-t-il à Paris une situation qui nous permettrait de tenir notre rang…

— Non ! Non !… S'il ne rapporte pas ce qu'il est allé chercher, nous romprons.

Depuis cette conversation, Aglaé s'inquiétait. Elle s'inquiétait tellement qu'elle résolut d'écrire en cachette à son fiancé.

Et voilà comment Alfred reçut un matin une lettre de la fille du notaire lui disant qu'elle était très inquiète, lui racontant que sa mère voulait rompre leurs fiançailles, et qu'il fallait qu'il se dépêchât d'obtenir l'argent de « la vieille tante riche » pour venir bien vite l'épouser…

La pauvre Aglaé avait senti son cœur battre bien fort en jetant cette lettre dans la boîte… et elle attendait impatiemment la réponse.

Or, le soir du jour où Alfred avait reçu la missive d'Aglaé, il paraissait très préoccupé.

Lorsque, comme chaque soir, il quitta le canapé-divan du petit salon pour venir rejoindre dans son lit sa maîtresse, Adrienne ne fut pas sans remarquer que son jeune amant ait éprouvé une grande contrariété.

Couchée à côté de lui, câline, elle le questionna.

— Je n'ai rien, disait-il… Je n'ai rien.

— Si… c'est une lettre que tu as reçu qui t'ennuie. Ça ne va pas chez toi ?

— Mais si… mais si… il n'y a rien, je t'assure.

— Quand on dit « il n'y a rien » comme ça, c'est au contraire qu'il y a beaucoup de choses…

Et, ayant un doute, elle demanda :

— Alfred, montre-la-moi, cette lettre…

— Oh ! Elle n'avait pas d'importance…

— Raison de plus alors pour me la laisser lire…

— Je ne sais plus ce que j'en ai fait…

— Je crois bien, moi, que tu l'as mise dans la poche de ton veston.

— Oui, mais je l'ai déchirée après…

— Ça, ça n'est pas vrai !… Oh ! Il y a un secret dans cette lettre, que je ne dois pas connaître… Alfred… Est-ce que, toi aussi, déjà ?

— Oh ! non ! Adrienne, je te jure… Mais c'est bien comme je te le dis, j'ai déchiré la lettre.

— Et moi je parie tout ce que tu veux que je la retrouve dans la poche de ton veston.

Alfred n'avait pas eu le temps de protester que, avec vivacité, Adrienne avait sauté en bas du lit et s'était sauvée dans la pièce à côté…

Le jeune homme, affolé, courait après elle…

Mais sa maîtresse plus vive que lui, revenait bientôt, tenant la lettre dans ses mains.

Alfred alors prit un parti héroïque.

Il se jeta à genoux devant Adrienne, disant :

— Je te demande pardon… Je vais tout te dire…

Et il raconta tout, en effet, ses fiançailles avec Aglaé, et le complot ourdi par ses parents pour faire donner une dot par la tante de Paris, et comment sa mère le harcelait dans ses lettres pour qu'il arrivât enfin à un résultat…

Adrienne écoutait, tenant toujours la lettre dans sa main.

— Alors, cette lettre, dit-elle…

— Ne la lis pas, c'est Aglaé qui m'écrit. Elle ne sait pas, elle ne te connaît pas, alors elle dit des choses qui te déplairaient.

Mais allez donc empêcher une femme de lire une lettre de sa rivale… car, déjà cette Aglaé était pour Adrienne une rivale.

Alfred tremblait, se demandant comment sa maîtresse allait prendre l'expression « la vieille tante riche ».

— Oh ! dit-elle « la vieille tante riche », ça, c'est drôle !

Puis se tournant vers son amant :

— Alfred, tu l'aimes beaucoup, cette petite-là ?

— Oh ! tu sais… c'était arrangé entre les parents, on devait se marier, alors…

— Oui. Et maintenant tu ne l'aimes plus ?

— Peux-tu me demander cela, quand nous passons ensemble de si heureux moments ?

— Alors, si tu ne l'aimes plus… cela doit t'être indifférent de lui rendre sa parole.

— Oui, mais ma famille…

— Ne t'en inquiète pas… Je m'en charge…

— Dans ce cas, je rends sa parole à Aglaé…

— À la bonne heure ! Et maintenant, puisque je suis en train de faire et de défaire des mariages, et comme je ne veux pas qu'une autre jeune fille vienne encore essayer de t'enlever à moi… Alfred, si tu veux, je t'épouse…

Pour le coup, Alfred en était abruti. Avec Adrienne, il était habitué aux surprises extraordinaires, mais celle-là dépassait tout ce qu'il avait déjà vu et entendu. Sa tante lui proposait maintenant, après avoir été sa cousine, sa « petite amie », sa maîtresse, de devenir sa femme !…

Aussitôt, Adrienne ajoutait :

— Tu comprends. Ainsi, nous arrangerons tout. Moi, je te garde, et tes parents sont contents, car, en m'épousant, tu retrouves toute la fortune de ton oncle Rouchaud…

— Oh ! Oui ! approuva Alfred, radieux.

— Alors, mon chéri, viens vite nous recoucher.

Ce qu'ils firent sur-le-champ et célébrèrent leurs fiançailles, comme on se l'imagine, dans les transports les plus passionnés.

— *Alors, mon chéri, viens vite nous recoucher.*

La malheureuse Aglaé avait bien raison de s'inquiéter. Mais elle avait eu bien tort d'écrire. Sa lettre avait, en effet, précipité les événements et consommé son malheur.

IX

Au nom de la loi...

Des gens qui furent stupéfaits, anéantis, assommés, ce furent M. et Mme Valentin, lorsqu'ils recurent le surlendemain au matin une lettre, non pas de leur fils, mais d'Adrienne, qui avait tenu à leur écrire elle-même pour leur annoncer sa résolution.

Cette lettre adressée à Mme Valentin était ainsi conçue :

« Ma chère Lucienne,

« Depuis qu'Alfred est à Paris, c'est la première fois que vous recevez de ses nouvelles par mon intermédiaire. Rassurez-vous, il ne lui est arrivé rien de fâcheux et si j'écris aujourd'hui en notre nom à tous les deux, c'est que j'ai tenu à vous annoncer moi-même le grand événement...

Mme Valentin lisait cette lettre à haute voix à sa fille et à son mari qui écoutaient religieusement. Elle fit une pause à cet endroit... et reprit :

... le grand événement.

« Alfred était venu chercher auprés de moi — il me l'a enfin avoué — une dot pour mettre dans sa corbeille de noces...

« Une dot c'était peu et mesquin. Je jette dans la corbeille, moi, toute la fortune que mon premier mari m'a laissée…

— Tu ne te trompes pas, tu lis bien ? demanda M. Valentin en écarquillant les yeux.

— Non, non, je ne me trompe pas… Il y a bien « toute la fortune ».

— Continue.

— Voici la suite !

« Mais je m'y jette aussi avec ladite fortune, ce qui veut dire qu'Alfred n'épousera pas Mlle Aglaé Durand, mais avec votre consentement, dont je ne doute pas, Mme veuve Adrienne Rouchaud, laquelle vous embrasse, non plus comme des frère et sœur, mais comme de futurs beaux-parents… »

— Ça, par exemple, ça dépasse tout ce que je pouvais imaginer, déclarait M. Valentin, mais c'est fou ! c'est impossible ! Je ne peux pas donner mon consentement à une pareille union.

— Pourquoi donc, après tout ?

— Mais parce que… parce que Adrienne a trente ans et qu'Alfred n'en a que vingt.

— Et après, qu'est-ce que ça fait, si ça leur plaît ?

— Et puis parce qu'on n'épouse pas sa tante…

— Oh ! une tante par alliance !

— Et les Durand, qu'est-ce qu'ils diront, les Durand ?

— Ils diront ce qu'ils voudront… Je sais une chose, c'est que nous retrouvons tout l'héritage de l'oncle Rouchaud.

— Tu dis : « Nous retrouvons ». Tu devrais dire « Alfred retrouve. »

— Alfred ne nous oubliera pas, ni nous, ni sa sœur…

— Enfin, je veux réfléchir avant de répondre,

— Faisons mieux que cela. Partons pour Paris.

— Sans prévenir.

— Naturellement, sans prévenir. En arrivant à l'improviste, nous serons mieux au courant.

— Sacré Alfred, va !… Il appelait cela des marques d'affection de plus en plus grandes…

— Comment tu supposes que…

— Qu'ils n'ont pas attendu notre consentement pour… naturellement.

Le lendemain, les époux Valentin et leur fille débarquaient et se faisaient conduire en voiture chez Adrienne.

Mais là une surprise nouvelle et bien plus grande encore que celle de l'avant-veille les attendait.

Lorsqu'ils demandèrent si Mme Rouchaud était là, on leur répondit :

— Mais non. Aujourd'hui, elle marie sa cousine !

— Sa cousine ! Quelle cousine ?

— Eh bien ! sa cousine, quoi, elle n'en a pas trente-six. C'est la sœur de son cousin, M. Alfred…

— Comment dites-vous, la sœur de M. Alfred ?

— Oui, même que le mariage civil a eu lieu hier et que c'est aujourd'hui le mariage religieux à Saint-Honoré-d'Eylau…

— Et M. Alfred, où est-il ?

— Dame !… Vous pensez bien qu'il est au mariage, lui aussi.

— Allons-y vite !…

Et les Valentin reprirent leur taxi pour se faire conduire à l'église indiquée où ils arrivèrent juste pour voir sortir le cortège nuptial, la mariée tout en blanc, une inconnue pour eux, au bras de Paul Declaux, suivie d'Adrienne s'appuyant sur le bras d'Alfred.

M. Valentin se précipita, congestionné, dérangeant la belle harmonie des couples :

— Arrêtez ! Arrêtez ! s'écria-t-il… Cette femme est une aventurière ! Elle n'est pas ma fille… la sœur d'Alfred… la voici…

Et il désignait sa fille à côté de lui.

Mais on l'écarta brutalement, en disant : C'est un fou !

Alfred pourtant écrivit rapidement quelques mots au crayon et lui fit porter ce billet :

« Ne te troubles pas, papa. Et viens nous retrouver aux Champs-Élysées pour le lunch !… Là tu pourras dire tout ce que tu voudras, au moment des discours. »

M. Valentin montra le billet à sa femme :

— Que dis-tu de cela, Lucienne ?

— Je ne dis rien. Je suis suffoquée… Mais allons toujours au lunch.

Et ils se rendirent, en effet, dans le restaurant des Champs-Élysées où le lunch était servi, offert par les parents du marié, qui avaient largement fait les choses.

La jeune épousée se tenait très bien. Elle ne disait pas grand'chose, mais elle faisait passer les plateaux avec les petits gâteaux, et tout le monde trouvait très gracieux ce geste pourtant si naturel de la part de Julie, qui y excellait et pour cause.

Bientôt, on se groupa et un jeune avocat, au nom de ses collègues du barreau, prit la parole pour féliciter son heureux collègue.

C'est à ce moment que la famille Valentin fit son entrée…

En apercevant son beau-frère, Adrienne alla à lui :

— Vous arrivez au bon moment, on n'attendait plus que vous.

Mais le père d'Alfred se drapa dans une dignité affectée :

Mais Julie le rattrapa (page 63).

— Que veut dire cette plaisanterie ? dit-il.

— Mais ce n'est pas une plaisanterie, c'est un grand mariage…

— J'y veux mettre mon mot.

— Et qu'allez-vous dire ?

— Que cette femme n'est pas ma fille.

— Allez-y, ce sera drôle…

— Oui, papa, vas-y… Ça n'était pas dans le programme tout à fait… mais ça fera bien quand même.

— Alfred, quel est ce langage ?…

Déjà les regards des invités se tournaient vers les nouveaux venus. Paul s'avança :

— Monsieur, dit-il au beau-frère d'Adrienne, je n'ai pas le plaisir de vous connaître…

— Moi non plus, mais ce que je peux vous affirmer, c'est que vous avez été indignement abusé…

Et M. Valentin, élevant la voix, s'écria :

— Je répète que cette femme n'est pas ma fille, qu'elle n'est aucunement la sœur de mon fils Alfred ici présent…

Paul sourit :

— Vraiment ?…

Mais Adrienne s'avança, et, au milieu du cercle qui s'était formé autour d'eux, elle dit à son tour :

— Monsieur a parfaitement raison… mon cher… la personne que vous avez épousée n'est pas sa fille…

— Qu'est-ce que cela signifie ?… dit Paul,

Et s'adressant à sa jeune femme :

— Que veulent-ils dire ?…

— Monsieur n'est pas mon frère… pour ça, c'est vrai…

— Mais alors… qui êtes-vous donc ?

— Qui elle est ?… Mon ancienne femme de chambre… que j'ai trouvé amusant de vous faire prendre pour épouse légitime, puisque vous étiez si amoureux d'elle…

— Comment, Madame, vous avez fait cela ?…

— Oui, Monsieur, j'ai fait cela…

Et elle ajouta, bas pour Paul :

— Mon petit, voilà comment je me venge, moi…

— Et vous vous êtes prêtée à cette infâme comédie, s'écria Paul en s'adressant à Julie…

— Dame ! Vous me faisiez la cour, n'est-ce pas… alors…

Le père de Paul s'avança :

— Par exemple, ne croyez pas que cela va se passer ainsi… Ce mariage est nul… Et je déposerai une plainte pour faux en état-civil, cela vous mènera loin.

Adrienne éclata de rire :

— Il n'y a pas de faux, Monsieur le Procureur, votre fils a bien régulièrement épousé Mlle Julie-Albertine Laroche, ici présente, qui est à présent sa femme… au nom de la loi…

« Quant à ma véritable cousine que voici, elle ne s'est jamais appelé Laroche, mais Valentin, comme son frère Alfred et son père.

— Parfaitement comme moi, appuya le beau-frère d'Adrienne…

— Ça n'empêche pas que j'ai été odieusement trompé…

— Ça n'empêche pas que vous êtes régulièrement marié…

— Et que je suis Mme Paul Declaux, déclara Julie en souriant… Monsieur mon mari, il faut en prendre votre parti…

— Je divorcerai.

— Il faut un motif !…

— En tous cas, cette femme n'entrera pas chez moi…

— Voyez donc, s'écria Julie, vous n'avez pas toujours fait fi de moi ainsi…

— Une femme de chambre !… répétait M. Declaux père… Une femme de chambre porter mon nom…

— Et je le porterai, oui, Monsieur le Procureur… tant que je ne serai pas divorcée…

— C'est bien ! Nous nous retirons…

Et toisant Julie, il ajouta :

— On ne pénètre pas ainsi dans une honorable famille… ma fille…

— Votre belle-fille, parfaitement.

Quant à Paul, il était médusé…

Il voulut pourtant être beau joueur, et dit en s'adressant à Adrienne :

— Madame, je ne voudrais pas vous priver des services d'une servante aussi dévouée… Je vous la laisse…

Et il voulut se retirer.

Mais Julie le rattrapa :

— Pas du tout ! Pas du tout ! La femme doit suivre son mari. Je ne vous lâche pas…

La plupart des invités s'étaient retirés discrètement. Les quelques-uns qui restaient s'amusaient et Paul sentit que les rieurs n'étaient pas de son côté…

Il se retira donc, laissant Julie le suivre.

Celle-ci, d'ailleurs, une fois dehors, lui dit :

— Il ne faut pas m'en vouloir… C'était pour obéir à Madame… Mais je divorcerai bien si vous voulez…

Paul la regarda et il lui dit :

— Nous verrons cela plus tard. Pour aujourd'hui, puisque vous êtes ma femme, je vous prie de m'accompagner.

Elle l'accompagna si bien que le lendemain matin elle se réveillait dans le lit de l'ex-amant d'Adrienne.

Ils eurent alors une explication et Paul lui dit :

— Évidemment, tu ne peux pas rester ma femme… quoi que ça attraperait bien cette rosse d'Adrienne.

« Mais si tu veux, tu seras ma maîtresse… et tu prendras sa place. »

Julie ne demandait pas mieux, et cet accord fait sur l'oreiller fut signé de plusieurs baisers.

Cela n'empêcha pas Adrienne d'ailleurs de jouir de sa vengeance, car ce pauvre Paul fut si penaud de l'aventure, il craignit tant le ridicule qu'il ne reparut plus au Palais pendant plusieurs mois.

Tandis qu'il divorçait, Adrienne, elle, se mariait.

Elle épousait son neveu Alfred pour lequel elle se sentait une passion de plus en plus grande…

Elle se disait bien que pour l'avoir pris si jeune et si novice, son mari le lui ferait payer un jour en la trompant… Mais cela, c'était de l'avenir — lointain pensait-elle — et elle profitait en attendant du présent.

Quant à la famille Valentin, elle s'installa définitivement à Paris, et Adrienne ayant promis de doter la sœur d'Alfred lorsqu'elle voudrait se marier à son tour, tous furent heureux... L'histoire ne nous dit pas s'ils eurent beaucoup d'enfants.

FIN